U0915549

献给生命中的每一位史诗女士

我的硬茬母亲

万顺章——著

北京联合出版公司
Beijing United Publishing Co.,Ltd.

图书在版编目（CIP）数据

我的硬茬母亲 / 万顺章著 . -- 北京 : 北京联合出版公司 , 2025. 4 (2025.11 重印). -- ISBN 978-7-5596-8208-6

Ⅰ . I247.5

中国国家版本馆 CIP 数据核字第 2025T4A347 号

我的硬茬母亲

作　　者：万顺章
出 品 人：赵红仕
策划监制：王晨曦
责任编辑：徐　鹏
特约编辑：崔蒙妮　阎　蓉
美术编辑：唐　潮　陈雪莲
营销支持：沈贤亭

北京联合出版公司出版
(北京市西城区德外大 83 号楼 9 层　100088)
北京联合天畅文化传播公司发行
上海盛通时代印刷有限公司印刷　新华书店经销
字数 164 千字　787 毫米 ×1092 毫米　1/32　8.25 印张
2025 年 4 月第 1 版　2025 年 11 月第 2 次印刷
ISBN　978-7-5596-8208-6
定价：56.00 元

版权所有，侵权必究
未经书面许可，不得以任何方式转载、复制、翻印本书部分或全部内容。
本书若有质量问题，请与本公司图书销售中心联系调换。
电话：(010) 64258472 - 800

目录

CONTENTS

引子

从北京到东京多远？直线两千五百公里左右。要飞越的城市有天津、仁川、首尔、江陵、松江、大岛，还将飞越汉江、渤海、黄海、日本海。舷窗应该能看到富士山吧？

她一边收拾行李，一边计划着去日本的行程。三天后出发。

在出发前，她要先去一趟富春，见一个刚出狱的老朋友。这原本不在计划当中。老朋友告诉她，她的母亲托他给她一件遗物，很遗憾没能及时交给她。他想履行承诺，了却心结。

她决定亲自去取，毕竟已有近七年没有回家。于是，她临时又订了飞往萧山国际机场的机票。

飞机仰冲向云霄。她闭了会儿眼睛，听着云层被灼日炙烤的声音。醒来后，她从皮夹里抽出了一张几近朽化的老照片。照片拍摄于上海外滩，是爸爸和妈妈在黄浦江边的合影。

妈妈在去世前跟她说起一件往事。妈妈和爸爸第一次去上海，是一九八六年，东方明珠塔还没建成。当时他们还很年轻，一起结伴进造纸厂务工。厂里指派了一群年轻人，用大巴从富春载到上海星火造纸厂，进行为期两个月的培训。元旦那天，组长给每人发了一百块钱，带着他们去了城隍庙和外滩。两人穿着涤纶工作服，离开了队伍，来到了一家百货商场。他们走进一家商店，头一次看到香水，闪亮的瓶子摆在货柜上，柜员正在为旁边几个金发碧眼的外国人试香。他俩当时都很憨，甚至有些恐慌。一看价格，好几百块、好几千块的都有。爸爸拉着她要走，说这是骗人的东西，用雪花膏和风油精就够了，还能赶蚊子，涂了香水把黄蜂招来了怎么办？再说，我们是无产阶级，又不是电影明星，弄那么香给谁闻，车间里可都是纸浆味。

爸爸拽着妈妈要走，可他不明白，那时的妈妈是个十九岁的姑娘，也爱美，也爱浪漫，这是女人与生俱来的本能。他们离开了百货商场，回到了大部队中。大巴开回奉贤区的路上，妈妈一直没理爸爸。她有点后悔来上海了，浦东拥有好多她意想之外的事物，可她什么也带不走。

妈妈说，她在香水店里看到了一瓶墨绿色的香水，心里一直念着，那瓶香水的名字叫史诗女士。她不懂香水，也知道离开上海后她就该断了念想，但是她真喜欢这个名字啊，说不上来的喜欢。

她真想买走这个名字，将它据为己有。

1. 南塘小巷的李玉梅

沈沁雯从十三岁起，就常爬到一座炮楼上。墙身的材料不单是沙、石灰和黄泥，还加入了炒过的糯米粉、红糖，使墙身更结实坚固、韧性更大。炮楼有十米高，圆形的墙身上嵌着一根根宛如蜈蚣环节的钢筋，爬到顶端就可以俯瞰整个南塘。

在高云之下、炮楼之上，她摘下助听器，宛如浸泡在真空里。

夏末五点半，嵌在南塘西面造纸厂塔楼的大钟响了，一群工人穿着蓝色涤纶工作服鱼贯而出。她从人群中搜寻她妈李玉梅的身影，这像个玩不腻的游戏，起初要十分钟才能找到，如今她摸索出了规律，只要两分钟足矣。

她妈有一个显著特征，那个吵吵嚷嚷、推推搡搡的蓝色小人就是了。

工人们走过一条风尘滚滚的马路，马路被来往的货车轧得坑洼不平，一条横亘南北的藻绿色的河流将人群一分为二。

朝南边走的是当地人，他们住在南塘巷里。整片南塘的形状宛如一个八卦阵，坐镇中央的是个大池子，被称作砚池，散向八方的排屋就是那乾、坤、巽、坎、艮、震、离、兑。不知是否存在一个管辖这带风水的神明，居然将八方居民的性情也捏成了天、地、风、水、山、雷、火、泽属性。他们成了相互独立又相互作用的自然元素，每到正月十五，砚池吞月，他们就围在一起，游浮在那颗浸润在池水里、黄澄澄的“大汤圆”旁。

朝北边走的是从天南海北来这儿务工的外来人口，他们拖家带口，住在一幢幢职工宿舍楼里，各省市的饮食、口音、文化集聚于此，形成了一种不同于南塘本土的氛围与交际圈。宿舍楼为近些年新建，一层有四户，共六层，六幢。随着造纸业在当地兴起，南塘的集体土地被征用造新宿舍、新菜场、影剧院、篮球场……唯有一座小小的观音庙藏在一片樟树林后，曲径深处，香火淡淡地在叶隙中缭绕，在晨与暮的光影中，展现之姿态恰如敦煌壁画中仕女身上的霓裳。

河流中间是一座万历年间就已建造的石桥，桥下有一块碑，碑文已被数百年的风雨侵蚀，落款无法考究，石阶的缝隙中嵌着一层层苔藓，它们总是新的。

李玉梅走进南塘里的“离”（火）巷，巷子的人常把煤气罐和锅炉放在门口，到了饭点，巷子里油火四溅，烟火气一下就冒出来了。

沈沁雯在炮楼上观察着李玉梅的一举一动，她几乎每天都会与人吵上两嘴，甚至推搡，衣领下的两颗扣子一直在换颜色。

如果吵架是门学问，李玉梅定是个颇有研究的学者，有高于常人的建树。若吵架是场战争，她打胜仗的概率极高。这一点，沈沁雯一点没遗传她妈，在学校总受人欺负。她曾经传授过女儿吵架的技巧，她说学校也是一个江湖，行走江湖，得有一技傍身。吵架能不能赢，跟你是否抢占了道德高地，是否会偷换概念，是否会看人下菜，跟你的情绪、气势、动作、修辞手法有很大关系，但沈沁雯显然没有像她妈那样掌握吵架这门学问的精髓。沈沁雯认为，诚如武学家所说“武术是用来强身健体”的道理一样，吵架本质上是一种防御机制，而非攻击手段。

在炮楼上，她似乎可以听见李玉梅一边走一边吵吵嚷嚷着，反而戴上助听器，那目之所及的人与事倒成了一出哑剧。

自始至终，她左耳的听力是她不敢正视的缺陷，这把她从本可以获得情感依赖的群体中逐渐剥离。她越是掩盖这种缺陷，就越觉得自己卑微、矮小、敏感，所以她一直在寻找某种能支撑自己的事物，就如在心脏附近加个泵。

迄今为止，她还没找到这个泵。

有时候，她会把焦点从南塘移开，去观察整座小城。谈一座城市，我们常谈这座城市的文化、经济、景设、事件等等，它可能是这座城市亘古不变的符号，抑或它约定俗成的象征。当人们谈起这座杭州边郊的小城，我们自然而然地联想到它寥落的秋天、常年银白色的天空、大街小巷逼仄的建筑群，以及随处可见的桂树。近十几年来，数十家造纸厂拔地而起，四面八方盘踞着一根根高耸的烟囱，不知疲倦地吐着各种污染气体，以至日间的阳光穿不透云层，夜晚的霓虹点不亮城市，即便在最热闹的时节，也看不到人头攒动、车水马龙的情景。从城市上空俯瞰，那些被搅碎般的颜色、松散的轮廓、稍纵即逝的人物，被生硬地拼凑成一幅印象派的油画。

它正处在时代新旧交替的裂痕中，唯有那条富春江一直在流淌，它总是它自己，又时时刻刻是新的。

她在这座名为“富春”的小城生活了十五年，而她全部的生活，好像都凝结在南塘的这条小巷里。

她的目光如一尾鱼跟随着李玉梅在南塘小巷漫游，宛如一个电影长镜头。

巷子的入口处是一家面馆，名为“万顺面馆”。店主姓陶，五十多岁，他的拿手面是片儿汆，用料简单，瘦肉片、倒笃菜、茭白、白蘑菇，配上碱水面，出锅后面滑汤浓，肉片鲜嫩，倒笃菜与茭白爽口入味。用当地话说，就是味道“交关好”。久而久之，人们就用“交关好”这一形容词作为名字称呼他。

李玉梅经过面馆，交关好就坐在门口的竹椅上，背靠着冒着热气的铜锅，对她戏谑地喊了一声：“玉梅娘娘，进来吃碗面。”

李玉梅进店拿起砧板上的一捆葱，在他木鱼般的脑袋上敲了一下，回：“吃你根骨头鬼——”

交关好摸了摸后脑勺，冲着她笑。

再往前走，是老章裁缝店。店主章大明不干裁缝，主要帮街坊邻里修电器。他一只手残疾，曾经出过事故，少一截拇指，尤爱唱越剧。妻子阿玉是外乡人，来自四川雅安，阿玉在店里头踩着洋车（缝纫机）帮人补裤子，洋车上的两个轮轴有规律地转动着，发出呼啦呼啦的响声。店里补一条裤子一元到三元不等，鞋子得看材质，皮鞋贵点，不过这儿的人大多穿黄泥鞋，厂里发的。

李玉梅一只脚跨进门槛，另一只脚放门槛外，通常摆出这姿势，阿玉就能断定李玉梅没有东西要修补，只是要讨个小物件。

李玉梅就像个江洋大盗，肩胛骨往后一松，伸出沾满油垢的手，豪迈地喊："阿玉，给我两个扣子。"

阿玉抽出洋车上的小抽屉，用手指尖拨了拨，拿出两个最不吉利的白色纽扣递给她，李玉梅把扣子往工作服的表袋里一塞。"谢啦——"

阿玉会模仿当地的口音回一句：否客气。

李玉梅伸出脚，转过身，裁缝店对面是一家理发店，名为"阿忠理发店"。店面六七个平方，摆着两把布满锈斑的剃头椅，三张高低不齐的板凳。洗头的水槽上悬着一个水桶，水桶下有个孔，连着一根皮管，用于给客人冲头。冲头的热水从热水壶里倒进去，客人要是嫌不够热，就再往桶里倒一些。

理发店的店主叫忠叔，他的儿子小毛在店里当学徒，二十二岁，头却已经秃了。店门口摆着一个煤炉，锅盖咚咚咚被蒸汽顶起来，锅里炖的是当归和鹿鞭，补肾，是巷子里的老中医开的方子，能治秃。忠叔总抱怨儿子爱美，剃头的手艺却一直没有长进。在这家理发店，花上五块钱，即可享受到的服务包括：洗头、剪头、修眉、修鼻毛、刮胡子。小毛没一样干得好，一次给一个客人修鼻毛，剪到了鼻肉，客人的鼻血染红了一大块围布。一次给客人刮胡子，用烫过热水的毛巾给客人软化下巴上的胡楂儿时，把客人的下巴都烫红了。

李玉梅走进理发店，走到剃头椅与嵌在木框里的镜子中间，对着铜黄色的镜子捋了捋刘海儿。她的脸胖了，额头和眼角长了皱纹，她用手在额头上的皱纹处搓了搓，又锁起眉心，抱怨老忠的镜子没擦干净。

忠叔说："改天来我这儿做个波浪，显瘦显年轻。"

李玉梅问："多少？"

忠叔说："五十。"

李玉梅呸了一声，诅咒道："你这店开不到明年正月十五。"

咒罢，她疾步跨出店门，差点把那锅鹿鞭撞翻。正在洗头的小毛见此状，分了心，把皮管里的水冲到了客人的眼睛上，招来顾客和他爸的一顿指责。

小毛觉得自己应该买一辆摩托车，把人从富春江大桥的这一头载到那一头，两公里，干一票三块钱，还能带女孩子兜风，比剃头有前途。他爸说，你这毛手毛脚的德行，骑摩托车会从桥上掉下去淹死。淹死你一个不够，还淹死一车。

接着，李玉梅拐进巷中巷，路过"莲友寿品店"。寿品店的店主是八十二岁的徐莲友，三寸金莲，背上一个"驼峰"，学过道术，会通灵，人们管她叫徐天师。她儿子吴世昌和店里的伙计通常开着面包车去外拉尸首，她则在店里经营一些寿品。寿品主要有：寿衣，品类如长衫、短袄、裤子和裙子；寿鞋，一般是中式布鞋或西式皮鞋；衾，形状像斗篷，上面绣有吉祥图案，用来包裹尸体；寿被，红色居多，上面绣有星月、龙凤等图案，一条垫于尸身之下，一条盖于尸身之上；寿枕，分头枕和脚枕，头枕有云彩装饰，脚枕绣着两朵莲花，象征“脚踩莲花上西天”。

此外，还有丧礼中通常要用到的香烛、檀香、纸钱和绢做的花圈和花篮。

原本莲友寿品店开在巷子的主道上，有时她半夜三更会出来作法，嘴里念念有词，吓煞了不少人，迫于街坊抗议，遂搬到了深巷里。不过街坊们到了清明、冬至，或是家里有白事，首先会照顾她的生意。

传闻上回谁家的一个小女儿在河里淹死了，不肯投胎，就是徐莲友把她送走的。

李玉梅经过莲友寿品店，见她儿子吴世昌穿着一件白背心，叉着腰，晃着膀子，对老母亲念念有词：“你不晓得我今天收的那具尸哎，被货车压扁了，肠子和肉一半粘在地上，一半卷在轮胎里，我是用铁锹把她铲起来的。”

徐莲友安抚着儿子的情绪，说他们这行就是这样，别的本事没有，胆子要比一般人大，有太上老君罩着我们，鬼魂都要退避三舍。儿子提出要关店，开个冷饮室，谁谁谁家学校门口开了一家冷饮店，生意好得不得了。徐莲友不答应，用打火机点着了一张符，在吴世昌全身上下挥了两下，嘴里念叨：“莫犯，莫犯——”

见老母亲施法，吴世昌叹出一口怨气，打开面包车的后备厢门，从家里抽出一根皮管，对着后车厢里的血渍冲刷起来。

李玉梅走出巷子，往右转，一辆自行车打着铃铛从身前经过，骑定在一家音像店门口，又打了两下铃。音像店老板娘苏凤听到暗号，遂提着一只印着囍字的红袋子出门，袋里装着一张碟，挂在他的车把手上。他刚要走，又停下来翻了翻袋里的碟。

“没放错吧？”他暗戳戳地问。

“上面不写着《聊斋艳谭》嘛，这片子我给你找了很久。”

“上回我问你要《聊斋艳谭》，结果影碟机放出来是成龙的《双龙会》。”

“你放一百八十个心，这回不会搞错，错了你再来找我。”

男人匆匆忙忙离开，整个交易过程不到半分钟。

大概是半年前，时代音像店就被整顿过。市场监督管理局的人在她店里发现了许多盗版碟，不少是香港的色情影碟。其实，音像店出售色情影碟也不是什么行业机密，主要是一个五年级的孩子买了一张成龙的《双龙会》回家放，结果放出来是《聊斋艳谭》。父母发现后，遂以传播淫秽物品的罪名举报了她。

如今音像店的架子上多半是些枪战片，如《英雄本色》《喋血双雄》《纵横四海》《喋血街头》，或是一些美国大片，如《珍珠港》《大白鲨》《侏罗纪公园》《终结者 2》。到了晚上七点左右，店主苏凤会把电视机和 VCD 机搬到门口放映影片，许多街坊会搬着凳子围坐在这里看。枪声一响，周润发的子弹好像穿过了电视屏幕，人群也七倒八歪。

李玉梅与苏凤打了照面，苏凤咬起一根甘蔗，吱啦一下，把一块甘蔗皮剥了下来。李玉梅不忘撒把盐。“哟，营业了？下次不被查了吧?”

苏凤把嚼烂的甘蔗渣往地上一吐，回道：“里头都是黄片，也没人跟你看呀!”

“我才不要看这种片子，跟两只狗咬骨头一样。”

两人不欢而散。

李玉梅继续往前走，经过晶都旅馆。旅馆一楼进门处是个迎宾台，墙上一只钟，旁边贴一个“運”字。里面被隔成两间，一间是棋牌室，一间是布草间，二、三楼总共六间客房。南塘这一带从没什么旅客，而凌晨两三点去晶都旅馆，门口却常挂着房源已满的招牌。

店主是个东北女人，叫花姐，来杭州闯荡了十年有余，从前在会所给人按摩，只做半条龙。她求财但不贪财，裤腰带绑得死死的，开多少价都不脱下半身。那些做过一条龙的姐妹许多都染上了尖锐湿疣，前半生卖身赚钱，后半生花钱治病，治不好就再上岗，再赚钱再治病再染病，陷入死循环。遇到过扫黄，她也进过几趟局子，查清楚就被放出来了。一个单子的钱她就拿三成，直到市里换了领导班子，打点不上去了，洗浴中心关门，她就“出笼”了。此时，她已经从一个二十多岁的青涩少女长成一个三十多岁的丰腴妇女。姐妹们去了广东，培训再上岗，体检不过关的就自己谋出路。她不想走了，用存款租下这里两间屋子，再往上盖了两层，改成旅馆。

花姐与邻里交往不深，但为人豪爽，身上带点《新龙门客栈》里金镶玉的气质，爱穿开衫，不知是皮肤太滑，还是衣服上藏着个看不见的钩子，衣服总滑下肩去。她常坐在迎宾台上嗑瓜子、吃蜜瓜，谁来开过房她从不透露半句，营业了几年，她的金字招牌就是那张撬不出半点秘密的嘴。

在千禧年初，花姐倒是很有商业眼光，这座县城的业余生活，不是麻将就是性生活。

李玉梅走进晶都旅馆的棋牌室，棋牌室烟雾弥漫，几个别的车间的工友正在摆长城，三缺一，喊花姐补个位。花姐不磨叽，答应和他们搓两把。麻将噼啪噼啪，四双手来回推拿，花姐手活好，先摆起一条长城，往前一推。打了半晌，她抽到一张白板，看了看牌面，拿不定主意，索性让身后的李玉梅帮忙打一张。李玉梅不懂麻将，推出一张白板，对面的人和了。男人弹了弹烟灰，说："你们是特为放铳啊！"

李玉梅左手打了一下右手："就说我手气差，晦气菩萨上身了。"

花姐倒很爽快，回："宁挨千刀剐，不和第一把，运气马上就来了。"

他们继续搓麻将。李玉梅离开棋牌室，走到嘉旺副食品店，用塑料袋装了半斤蚕豆。身边来了一个邻居，手里端着一个碗，喊嘉旺老板打两块腐乳。嘉旺的腐乳在南塘是出了名的，分红方和白方两种，红方加了红曲，吃起来更醉一点，表面一点菌丝都看不出来。

嘉旺老板从柜台里抱出一个装腐乳的坛子，把筷子伸进壶口，夹出一块光泽透亮的白方，腐乳紧致的皮衣一点没破，稳稳当当滑落在碗里。那人喊了一声："筷功好——"嘉旺得意，开始吹嘘，这个装腐乳的坛子是明朝宣德年间烧制的，坛子上的是祭红釉，跟鸡血一样红，成品率极低，是千窑一宝，所以他的腐乳比别的店贵一毛也是情理之中。李玉梅盯着碗里的那块白方，立马就想起了她打出的那张晦气的白板，越想越气。只见她抱起坛子，把脑袋缩到坛子屁股下，嘴里一字一字喊出：嘉——兴——陶——瓷——厂。

把戏被拆穿后，嘉旺的脸一瞬间变成京剧红脸，怒目金刚，一把抢过李玉梅手里的半斤蚕豆。"去去去，不做你的生意。"

李玉梅笑了，怨气一扫而空，她乐乐呵呵地走到对面的排屋前，掏出一把印着"上海"二字的钥匙，开锁，进门。

这个以李玉梅为主要角色的长镜头在沈沁雯眼前一气呵成，她甚至能推测出母亲偶然走出镜头外的一举一动。炮楼上雾气蒙蒙，几只麻雀从头顶飞过。她能预感到她回家后李玉梅定会用那死气沉沉的眼睛盯着她，她总会在这种眼神中产生一种灼热感，不一会儿，身上就结出了一层亮晶晶的盐巴。

她从炮楼上爬了下来，沿着一个下斜的草坪，撑着双手滑下。

她沿着李玉梅走过的路，再过一遍那些站点：万顺面馆、老章裁缝店、阿忠理发店、莲友寿品店、时代音像店、晶都旅馆、嘉旺副食品店……再到家门口，宛如将那个长镜头复制了一遍。

她前脚刚走进屋，李玉梅就用一种不同于以往的惊骇眼神朝她的方向看去，直到她感觉自己被一层影子包围。她回过身，身后站着一个男人，他头发微卷，孱弱且高挑的身形上粘着一个大腮帮子，额上有颗痦子。

他是母亲的初恋男友——万三。

2. 死去的丈夫与归来的初恋

万三手里拎着五瓶国康橘汽水，与李玉梅见面后，一对昔日恋人在原地怔了几秒，脑海中宛如再度经历了一次青春。没等李玉梅邀请，他弓着背，蹑手蹑脚地走进屋，把汽水摆在桌上，说："玉梅，给你带了最爱的汽水，请你收下。"

沈沁雯对这个男人感到陌生，从未见过面，口音倒是这里的，但她早就见怪不怪，自从父亲死后，家门口就经常冒出一些莫名其妙的男人。追债的、求偶的，都有。

父亲沈国根死于去年夏天，一名工友在纸浆池作业时因硫化氢中毒掉进了池里，父亲下去施救，同样没做防护措施，两人双双在纸浆池中殒命。原本是厂里的一桩悲剧，后被宣传成一起见义勇为事件，父亲在死后得到了英雄模范的褒奖。

差不多半年后，李玉梅就有了不少追求者，其中有一个有家室的工友。他在李玉梅隔壁车间开行车，好几次瞒着老婆，骑着摩托车载着母女俩去富春江大桥兜风。沈沁雯坐前面，李玉梅坐后面，他一边骑摩托车一边唱刘德华的歌，有点香港电影里的浪子气概。

母亲从未对父亲的死表露过任何悲伤，厂里发了一笔抚恤金和一面写着“先进英雄”的锦旗。钱存起来了，锦旗烧了。

沈沁雯觉得父母并不相爱，父亲葬礼那天，李玉梅也没有哭丧，演都懒得演，丧事草草了事，这让来观摩葬礼的街坊邻居更笃定，沈国根有菩萨心肠，而李玉梅就是蛇蝎心肠，两人命里犯冲。

李玉梅对女儿说，她父亲的死对自己而言是一种解脱，他们在一起就是月老乱点鸳鸯谱。她甚至庆幸丈夫以英雄般的方式死去，这在某种程度上缓解了自己对他的怨恨。

沈沁雯并未从母亲的回答中感受到她作为女人的真诚，只感受到了伤害，母亲总是求个心里畅快，丝毫不介意把这种坦荡建立在对女儿的伤害上。

她同样不理解母亲为什么要和一个有家室的男人来往，并且从不忌讳让自己也参与到他们的约会中。李玉梅对那个男人抱过希望，但终究是失望的，后来她向他提出分手，就当是做了一场戏，散了吧。男人同意分手，但有个条件，就是把床上的事办了，做戏也要做全套，这两个月摩托车的油不能白耗。李玉梅说让她考虑一下，然后当晚就带着沈沁雯去了那个男人家。男人的老婆一下就明白了怎么回事，但还是很客气地给母女切了一块西瓜。母女俩就当着夫妻俩的面吃完西瓜，走了。

凌晨，那个男人的摩托车被他小舅子一把火点了，一声爆炸声惊醒了半条巷子的人。

万三与沈国根和李玉梅从小相识，从小学到初中都是同学。李玉梅念完初中就没再念下去，万三当时是学校的体育健将，初中毕业后，被隔壁市学校的体训队特招，顺利进入高中。

李玉梅十六岁时，每周都会去万三的学校见他。两地相隔二十公里，要绕过一座山，车票是六角钱。谈起她青春中做过的最疯狂的事，就是花三角钱的车票坐十公里的车程下站，那个站点附近有家供销社，她再花三角钱买两瓶国康橘汽水，接着一路跑十公里到万三的学校。两人见面后，在学校后门的一棵柳树下一起喝汽水。万三那时留着长发，穿着白背心，汗水直流，眼角瞥见十六岁的李玉梅因自己而羞得面红耳赤，殊不知她今日把鞋跑脱了胶，心脏供氧不足，憋红了脸。

所以是万三的记忆出了问题，橘汽水是他的最爱，而非李玉梅的。

转眼二十年过去，如果没有发生那场意外，也许故事会朝着两人结婚生子的方向走。那一颗子弹，不只杀死了一个人，也是两人走向分别的一个注脚。

二十年前，在南方的乡镇里，村民们会把当天的剩饭装到一个竹篓里。木制的天花板上有一根钩子悬在半空，人们再把装满剩饭的竹篓挂上去，靠窗通风。一个男人离家五年后从哈尔滨回到故乡，腰包里装着一把五四式手枪，弹匣容量是八颗子弹，他的枪里有三颗。他回到母亲家，他年迈的母亲不在，整间屋子里只有那个竹篓和一只钟摆在空中晃动。他搬来一把凳子，踩了上去，取下竹篓，掀开盖子，米饭上盖着一层锅巴，米粒还冒着热气。他把枪放了进去，再把竹篓挂上去，随后赤手空拳去找人寻仇。他走后没多久，他儿子从卫生所回来，准备煮一碗稀饭，给正在卫生院吊盐水的奶奶送去，于是他也踩着凳子，把竹篓取下来，掀开盖子，意外地发现了那把五四式手枪。这时，男人又气势汹汹地折回来拿枪，儿子一惊，转过身朝着他的父亲开了一枪。

这个故事里的儿子，就是万三。

再后来，万三从体训队离开，前往淳安投靠母亲，二十年没有回来。这次回来是给奶奶办丧事的，吴世昌从轮胎下铲起来的那具尸体，就是她老人家。死前她出门寻猫，猫总爱躲在车轮下或者发动机舱附近，老人家一不注意，就被正在往后倒的货车轧了。

万三收到消息后，从省道坐了五小时中巴车赶到南塘。南塘的人对他的出现十分意外，他们以为这个十几岁就成了“杀人犯”的人不会再出现。久别重逢，他和他父亲年轻时长得一样，都有点冷血的气质。看到万三把手伸进口袋，人们就躲得远远的，总觉得他要大开杀戒。

万三问清楚死因后，又问邻居猫找到了吗？邻居回答，她的猫都失踪两年了。看来，奶奶不全是死于意外，是阿尔茨海默病要了她的命。

万三与李玉梅没再谈什么，汽水送到了，就当还了二十年前的人情。他随后离开，去副食品店买了一条香烟，带去了莲友寿品店。

李玉梅见了万三后，脸上的忧愁似乎比无声电影《神女》里的阮玲玉更多几分，举手投足间散发着一种抽象的念想，而她往日的烦忧往往是建立在生活中具体的一地鸡毛上。

李玉梅匆匆下了两碗面条，留女儿在家，自己端着面碗出了门。街坊们也都纷纷走出门，他们统一的特征就是手里都捧着一只碗，漫无目的似的去进行一场蓄谋已久的刺探。

“万三回来了，他娘娘死了。”

“怎么死的?”

“卷车轮子里了，下半身没了。”

“啊哟喂——”

邻居们议论纷纷。

不久，莲友寿品店门外聚集了一群人，站着的，蹲着的，还有坐石墩上的，宛如动物园里猴山上的猴群。李玉梅则躲在一个拐角，暗中观察。待徐莲友和万三一出门，大家又装作若无其事。只见徐莲友和儿子吴世昌穿着一身黄色的道服，带着罗盘、天尊像、摇铃，出门做招魂仪式。

大家自觉地让出一条路。

徐莲友念着《太乙救苦经》，儿子吴世昌摇着铃，万三手里提着一个篮子，篮子里放着一盆糯米扣肉。几人走到事故地点后，徐莲友立定，万三按指示把糯米扣肉放在地上，吴世昌在扣肉上插上三支香，在旁点着了一堆纸元宝。徐莲友轻微转动着那佝偻的身子，摇摇晃晃念道：“荡荡游魂，何处留存。今请山神，五道将军，当方土地，家宅灶君，查落真魂。收回附体，筑起精神。天门开、地门开，千里童子送魂来。”

“叫啊，万三。”吴世昌提醒万三。

“叫什么?”

“叫你娘娘。”

万三在众人的注视下，忸怩不安，他轻声喊了声“娘娘”。

“你娘娘几岁了?”

“八十岁了。”

“耳朵能灵清吗？大点声。”

“娘娘——”

“再大声点。”

“娘娘——”

声音再大点嘛——街坊们的情绪高涨，人群中不断有人给他鼓劲儿：“万三，大声点。万三，用吼的。万三，你娘娘的魂再不喊就走了。”

万三整个人愣在原地，明明是招奶奶的魂，怎么搞得跟自己的魂丢了似的。李玉梅看不下去，把碗往地下一搁，挤开三五个人，走到万三面前，在他的胸脯上推了一把。“是不是男人家？饭要吃饱，地要耕好，嗓门要亮——”

万三一惊，随后把双手举上肩，握紧拳，如一只抻长了脖子的公鸡。“娘娘，魂归安好——孙儿接你来了——”

他的叫声响彻天际。

众人满意。

“一帮鳖孙。”李玉梅斜着眉眼喊了一声，然后折回去拿起地上的碗，回了家。

沈沁雯问她去哪儿了，是不是又去吵架了？李玉梅没回答，拿起一瓶汽水，把汽水盖的齿边扣在桌角上，怒拍一掌，瓶盖开了，她一口气喝了半瓶。

母女俩住的屋子不大，只有四十个平方。正中央是一张四角桌，正上方是一台电风扇，用了十年了，每开到三挡以上，风扇的轴承便开始“搔首弄姿”。母女俩为避免风扇掉下来把两人的脑袋削了，通常只开二挡，赶个苍蝇不在话下。

房间朝南的地方有个黄桃木柜，中间摆着一台电视和一台影碟机。父亲还在世的时候，就常坐在木柜前的皮沙发上看碟片。他是个电影迷，《珍珠港》看了不下十遍。父亲死后，沙发边的衣架上还挂着他的皮夹克，李玉梅之所以没丢，是因为这件皮夹克是她结婚时买给丈夫的，属于她的物件。有一回晚上，李玉梅披上这件夹克，坐在沙发打瞌睡，沈沁雯下楼上厕所看到她的背影，吓得大叫了一声。待母亲转过身后，沈沁雯才平复情绪。“妈，你深更半夜吓死人了。”

李玉梅骂道：“你爸头七过了，早投胎去了。”

“投哪儿了？”

“鸡鸭狗猪羊，爱投哪儿投哪儿。”

“行嘞，他下辈子在你眼里也不是个人。”

屋子的厕所本来在正南方，父亲死后，徐莲友来家里看过风水。她说，在八卦中房子的正南方位是离卦，离卦的五行属于火，而厕所的五行属于水，从五行上来讲正好是水火相克，五行相克是不好的，易导致家人灾祸发生。李玉梅想，丈夫多半是被这个厕所克死的，于是她在后门外搭了一个三平方米的屋棚，把厕所搬到了外面。按理说是违章建筑，不过街坊们也不愿跟她一个寡妇计较。房间的楼梯下挂着一张圆桌板，家里来客人了，就会把桌板搭在方桌上。丈夫死了，没了应酬，李玉梅就把桌板卖给了办白事的大执宾。

上了楼梯，楼梯的左右两面各一张床，中间无遮挡物。两边稍有一点动静，对面都能察觉到。女儿长大后，夫妻俩的性生活就不好办了。纵然她有听力障碍，窗外的月光打进来，也能看到对面墙上显出影影绰绰的轮廓。对于房事，二人倒很传统，二更更，三暝暝，四数钱，五烧香，六拜年。

入冬后他们会更节制些，丈夫生前常说，色是刮骨钢刀，“冬不藏精，春必病温”。

有时候两人还会因意见不合打起来，沈沁雯就把被子一搂，跑到楼下沙发上睡。打着打着，他们从楼上打到了楼下，沈沁雯十分厌恶看见自己的父母连衣服都没穿好，戴着胸罩，穿着内裤，在她面前相互撕扯对方的皮肉，丑态百出。父亲有时候用力过猛，扯下了母亲的胸罩。母亲索性袒胸露乳，把门打开，对着门外大喊大叫；父亲只好求饶，啪啪扇自己两嘴巴，让她赶紧把胸罩戴上。

有时候她觉得，父亲死了也不是一件坏事，婚姻宛如角斗场，总是一件你死我活的事。

在她七岁那年，有一回发高烧，父母去外面掐架，一整夜没回来。她几乎把自己的左耳烧聋了，经过治疗后听力恢复了一些，入学后才戴上助听器。父母二人从未就此事向她道歉，似乎想将这段记忆从她脑子里抹去，而当别人谈起女儿的听力情况时，李玉梅总是一句“命不好”打发过去。

是嘛，命不好就怪老天，怎么都怪不到她身上。她总是从母亲的话语中找到一些不属于“母亲”的部分。

当她意识到这点后，她身上也出现了某种不属于“女儿”的部分。她们只是生活在一起，母女这层身份只是外在世界的表象而非内心深处的认同。她时常自闭，成绩在班上倒数，遭同学的讥笑也不反抗。母亲可是一个为了一件鸡毛蒜皮的事就能跟人撕得头破血流的人，她拥有强大的自尊、雷厉风行的作风、破罐子破摔的精神，而自己在童年中只是在学习一件事，就是如何成为一个大人。

母亲不知道她是从什么时候来的月经，也没有察觉到女儿对于第一次月事的羞耻。她的初潮发生在初二的一堂数学课上，忽然觉得肚子疼，上了厕所，脱了内裤，发现内裤上印出一片血梅。

她将此事告诉老师，老师给了她一包卫生棉，教她怎么贴，回家后她换完卫生棉就把它用黑色塑料袋包起来，夜深了才出门扔掉。她的胸部慢慢长大，也一直没用胸罩，直到一个邻居的眼神盯在她凸起的乳头上，母亲才察觉到女儿发育了，就把自己的大号胸罩给她戴。

李玉梅身上始终带有一种非母性的人格，偶尔她也会展现出母性的关怀，但很快就会把它掩藏起来，生怕女儿感觉到。

她不希望女儿成为自己这样的人，但在引导女儿成为一个什么样的人这件事上又毫无头绪。她的生活就是在等待女儿长大，似乎只要女儿长大了，她就可以少些矛盾，更心安理得一些。

李玉梅不是没有尝试过去接受母亲这个身份，起初在她的理解中，母亲与女儿之间就是一种训导与被训导的关系。她决定你该做什么，不该做什么，即便自己也没有一个可靠的行为标准。她给予女儿爱，女儿也应该无条件去接受才对。

而沈沁雯一察觉到这种母性，就开始回避甚至反抗这种母性，一来她认为这种母性是不真实的，再者，她早已习惯母亲是一个不成熟的成年人，李玉梅稍微亲昵一些的举动都会让沈沁雯觉得滑稽。

譬如李玉梅曾经给女儿织了一件毛衣，她用了一种橙色的毛线，且毛衣十分宽大，领子往上翻起来能把整个头包住，穿上去就像一颗臃肿的柚子。她丝毫不觉得这件毛衣会让女儿在学校里抬不起头来。沈沁雯穿着毛衣出门后，就会把衣服脱下来塞进书包，即便挨冻也不肯拿出来穿，等放学后再把衣服穿回家，算是给李玉梅一个交代。

沈沁雯那阵总是感冒，直到李玉梅对女儿进行了跟踪，当她看到女儿在冷风里瑟瑟发抖地走向校门，才发现她们表面平和的母女关系下，处处是女儿的反抗。至此，她放弃了自己某些时刻想要成为一个母亲的念头，她并未像其他家长一样强迫女儿虔诚地信服自己，在女儿面前树立权威，或是迫切希望得到女儿体贴的回馈。这似乎代表着她要让渡一个母亲的权利，没有权利就没有责任，女儿和自己一样，都可以自由得像三角梅一样野蛮生长。

3. 是对手，也是战友

暮霭沉沉，风中裹挟着雨后的水汽穿过她的袖口，洗濯着她灼热的皮肤。

一只飞虫在她瘦瘦的肩胛上歇落。

沈沁雯站在炮楼上，双目失焦。工厂下班的钟声响起，她瞳孔中虹膜的纹理迅疾聚拢，如射出一道灯塔的定光，搜寻母亲的踪迹。

两分钟、五分钟、十分钟过去，她确信李玉梅没有在人群中。她摘下助听器，只听得到风声进入耳蜗的嗡鸣，如穿过长长的、幽暗的隧道，抵达一个未知的地方。

她试过像一个成年人去思考，追寻自由，却脱离不了成人给她制定的规则。她不断寻找尊严，却失去了更多尊严。那一刻，她宛如一只起皱的蚕蛹，稍一会儿，她就飞跃了出去。

在李玉梅得知女儿跳楼前，她正向车间主任刘光明请假。刘光明不批，说是厂里下午要到一批美废（美国废纸），赶着做纸浆，让李玉梅等货到了赶紧用铲车运到 7 号车间。

“你赶紧给我把假条批了，我下午非出去一趟不可。”李玉梅站在刘光明的办公桌前，把假条往桌上一拍，拿起一支笔，硬塞到李光明手中。

“李玉梅，现在厂里任务重，你不是不知道，有六百吨白板纸任务，你走了，耽误了工期，上面要拿我问责的。”刘光明把笔往桌上一敲。

“我一个小兵拉厮能耽误什么？刘光明，你可别把上次的仇记到这笔账上。”

“我刘光明不吃隔夜饭，不记隔夜仇。你上次举报我的事情，厂里的调查组已经还我清白了，公道自在人心。我们车间是一个大集体，你不能因为你的私事，耽误了我们车间的效益。”刘光明拿起搪瓷杯，对着杯里的冷茶吹了口气，颇有领导风范。

“什么公道在人心？你明明狼心狗肺。”李玉梅拿起笔，自己在请假单上写下“刘光明”三个字，快步走出办公室。

她着急忙慌跑出厂，拐到巷子，进家门后把工作服脱掉，换了一身洋裙。随后，她掀开床垫，找出一把钥匙，打开床柜的锁，掏出一沓厚厚的信件，塞进皮包里。出门后，她经过理发店，进去对着镜子往头发上喷了点水，拨了几下卷曲的刘海儿，这才全力往车站冲刺。

万三处理完奶奶的丧事，今天下午两点就要走，这一走，或许是一辈子。

有些事，李玉梅要跟他讨个说法。

李玉梅来到车站后，跨上一辆辆中巴车，寻找万三，不见万三的人影，她就喊起万三的名字。“万三——万三——万三骨头——”

万三靠在车窗上，眯着眼，见李玉梅在对面的中巴车里大呼小叫，他拉开车窗，隔空对她喊道：“李玉梅，我在这儿——”

李玉梅没有下车，而是上前也拉开车窗，隔空对喊道：“我叫你那么多声，你耳朵聋啊——”

万三喊：“你找我什么事？”

李玉梅喊：“你要走多久，还回不回来？”

万三喊：“不回来啦，没家了。”

李玉梅喊：“这里不还有一座坟嘛！”

万三喊：“我信耶稣啦，不上坟了。”

李玉梅喊：“信你的骨头鬼啊——”

万三差点没笑出来，喊：“你究竟有什么事？我的车快开了。”

李玉梅一肚子委屈，眼前这个男人丝毫没有察觉到自己对他的挽留，仔细想想，自己该拿什么理由留他？她清楚地知道自己此时此刻是需要他的，而他未必需要她，这就如一个自作多情的“充分不必要条件”。

李玉梅又大喊道：“我老公死啦——”她涨红了脸，胸脯一起一伏。

全车的人都盯着她看，就连万三车里的人也开始关注这出好戏。

万三愣了几秒，回道：“我知道——国根死了。”

李玉梅喊：“你知道个屁——你不知道。”

万三喊："忠叔都告诉我了，掉纸浆池里去了。节哀啊——"

李玉梅这十几年来头一回被一个男人逼出了眼泪。"我他妈说的是这事吗？你什么都不懂，你的心给狼叼了。"

万三冷了下脸，接着喊："我知道——这么多人看着呢，我要脸啊。"

李玉梅喊："我都不要脸了，你要什么脸？"

此时，万三的中巴车发动，往前慢慢开起来。万三紧张地抬起屁股，又跟泄了气似的落下。他喃喃自语着，像一个受了惊吓的小孩。他对李玉梅的记忆一直停留在二十年前，而二十年后的她已不是那个腼腆的女孩，她性格泼辣，嗓门比车喇叭还大，就差拿把刀把自己劫下车了。

怕什么来什么，刚想到这儿，他听见前面有人在敲车门，原来是李玉梅追了上来，迫使司机停车，气势汹汹地追上车，走到自己面前。

"你今天给我个说法——不然你走不了。"李玉梅两只眼死死盯着万三。

"我到底要给什么说法嘛？"万三薅了薅头发，毫无头绪。

"你们有完没完？车要误点了。有什么纠纷，你们下车去说，这么多人等在这儿呢。"肥胖的女售票员走了过来，没好气。

迫于无奈，万三从车架上拿下行李，走出座位，撞了下李玉梅的肩膀下了车。

车开走了，两人站在候车台。

万三抽出一盒烟，点了一根，等待着，现在不是他要给李玉梅一个说法，而是让李玉梅给他一个说法。

李玉梅拉开自己腰包的拉链，抽出一沓信，拍在万三的胸口。

万三接过信，把烟叼在嘴里，打开一封看了起来。收件人是李玉梅，落款是自己的名字。他接着把烟丢了，一封一封地拆，全是“自己”写给李玉梅的信。

荒唐！

“八七年后，你就再也没有给我寄过信，你失踪了，背叛我了，我这才嫁给国根的。”李玉梅说。她一面展现着自己对这段初恋的珍视，一面又表明自己结婚是无奈之举，归根结底，是万三这个无情郎辜负了她，至于为什么负她，这个谜团困扰了她十几年，今天想要个说法。

然而，万三看了看后，说：“这信不是我写的！”

“你还给我赖皮？”李玉梅上前抢过他手里的信纸，指着落款的名字，“你看，是不是你的名？”她的样子宛如一个女警拿着一张已经签字画押的认罪伏法书，给临刑前还垂死挣扎的囚犯。

“是我名，但这信真不是我写的，这信要是我写的，就把我枪毙好了。”万三言之凿凿。

“你至于下这么毒的誓吗？”李玉梅脸上威慑的表情继而转变成慌张，肢体语言又透露着她的愤怒。

“你看看这信，这么有文采，怎么也不可能是我写的，我们做过同学，你知道我语文从来不及格。你要是不信，我找根笔，给你验一下笔迹嘛。”

“那是我错怪你了，是吧？当年你离开前，是你给我留的新地址。我给你寄的信呢？”李玉梅一把揪住了万三的衣领，万三手一松，信掉了一地。

“我没收到啊！”万三双手一摊。

“那我是见鬼了，是吧？”

“你问我，我问谁？我的车都开走了。”

“好，你最好跟这事没关系，要是让我查出来是谁在搞鬼，我他妈弄死他。”李玉梅捡起地上的信，一封封折叠整齐，塞进自己的腰包里。眼角沾满了泪沫子。

万三解释清楚后，准备去售票台买下一班的车票。他刚从皮夹掏出钞票，回头一望，李玉梅身上的戾气消失了，如同二十年前的两个少年分离之时，她身上净是那挥之不去的忧伤，如同茧丝般将自己包裹起来。

“李玉梅——”万三跑了上去。他这才注意到李玉梅脸上都是汗珠，将一绺绺的头发从额头到脸颊再到脖子，粘在那散着热气的皮肤上。那一瞬，他仿佛看见了二十年前那个带着橘汽水的女孩来学校寻他的模样。

“李玉梅，我就要走了。这些信，你就当是我写的。”他说。

“是就是，不是就不是，什么叫就当是你写的？你快回去吧，我够没脸了，别回来了——”

万三刚要开口说话，李玉梅的手机响了。她翻开手机盖，按接听键，是厂里的医务室打来的。厂里的一个员工在一座炮楼下发现她女儿倒在地上，于是把她背到医务室。李玉梅面色倏地凝重，顾不得与万三理论，赶紧往厂里跑。

万三追了上去。

厂区里进来十几辆运着美废的重型货车，两人在货车的夹缝中七拐八拐，拐到了医务室。

沈沁雯刚上完药，捂着手臂，见李玉梅来了，身后还跟着万三，她赶紧背过身去。厂医说孩子运气好，没大碍，夏天草皮厚，只是擦破点皮，让孩子以后别爬到炮楼上去。

意外？李玉梅不清楚女儿究竟是怎么摔下来的，她也不敢问，就怕知道女儿是自己跳下来的。有些原因她不敢追究，一追究起来，她的日子就更难过下去了。

沈沁雯走出医务室，脚步飞快，李玉梅和万三跟在她身后。

“哎呀，你们俩能不能别跟着我？你能不能走你的阳关道，让我过我的独木桥？”沈沁雯回头喊道。

李玉梅嗓门洪亮：“路你家开的？还独木桥？你差点上奈何桥了。”

沈沁雯突然就流下泪来，她站定在李玉梅面前。“我要是上了奈何桥，我就喝它八大碗孟婆汤，把一切都忘得一干二净。”

说罢，货车上正往下卸的大纸桶一松，差点滚下来。李玉梅瞬时搂住女儿，把她塞进怀里，双手环抱，脊背弯曲，就如十几年前女儿刚从她的子宫出生时她抱着女儿的模样。

母女闭上了眼睛，安然无恙。

沈沁雯从母亲怀中挣脱，推了她一把，悻悻然而去。

万三目睹了母女的争吵后，说：“你女儿脾气挺犟啊——”

李玉梅看着女儿远去的背影，轻声说：“我生了个对手嘛！”

话语飘荡在风里。

之后，万三和李玉梅两人开始侦查事情的起因，女儿究竟是意外坠落，还是自己跳下来的。现场没有目击证人，倒是裁缝店老章的女儿提供了情报。她是沈沁雯的同学，叫章小帆。

“你们可千万别说是我说的，我不想惹麻烦。”章小帆得到万三和李玉梅的“对天发誓”后，将事情的来龙去脉一五一十地说了。原来，沈沁雯在学校一直遭受一伙同学排挤，为首的是一个叫刘燕的女生，是刘光明的女儿。她带着几个同学蹲在沈沁雯放学的路上，把她堵到学校的后墙，扯掉了她的胸罩，然后用火点了。刘燕向沈沁雯警告，你妈李玉梅要是再找我爸的麻烦，下次把你的奶头割下来。

李玉梅这才知道女儿是因自己受了屈辱，这帮鳖孙欠的账，她要讨回来。

她冲回家，隔着女儿的校服捏了捏她的胸，质问她胸罩去哪儿了。女儿不答。

“你不说是吧？”李玉梅左右转了转头，接着从啤酒筐里抄起一个酒瓶，当着女儿的面，朝着自己脑门一砸，“砰——”玻璃碴儿碎了一地。

沈沁雯被母亲的自残行为吓坏了，要跑出门，李玉梅又抄起一个啤酒瓶，一个箭步拦住。她又蹲了一个马步，脑门向前一倾，将气聚集在天灵盖，把酒瓶子往上又一砸，玻璃碴儿瞬间在空中迸射出去，闪着光泽。待功力散去后，一道血痕顺着李玉梅的额头流下，在眉心的褶皱处分散，随之在脸上显现出一只“血爪”。

“妈，你脑西搭牢啦?”

“我就为了一口气，这口气如果咽下去，就真没命了。”

面对母亲自残式的逼问，沈沁雯只好服软。

李玉梅身上有一根极其坚硬的骨头，这根骨头纵使天崩地裂也压不碎，赫赫炎炎也融不了。它能化身为鳞，铸出铜墙铁壁，也能化身为刃，削铁如泥。

沈沁雯把学校发生的事情都交代了，李玉梅说她什么都知道，她只想听女儿亲口说出来，然后再领着女儿一起对付这帮小鳖孙。谁要是动自己女儿，就是在抽她的筋，她一定要让别人也伤筋动骨一下。

沈沁雯苦苦哀求她别惹麻烦，她不想看李玉梅去坐牢监。李玉梅思来想去，决定以其人之道还治其人之身。

到晚上七点，李玉梅带着女儿去厂里的公共浴室洗澡。这是造纸厂的福利，一个员工每月发二十张洗浴票，浴室在晚上六点到九点开放。一到这个时间点，厂里的员工或家属就会带着换洗的衣物去浴室洗澡。锅炉的水烧得滚烫，每个工友洗完澡都会红着脸出来，皮肤烫呼呼的，情绪和压力都能得到极好的释放。

李玉梅带着沈沁雯在六点半左右到了厂区的大浴房，母女俩验完票，走进浴房。浴房被隔成几十间，隔间没有门，呈半个口字形。淋浴头固定在墙上，大多没有花洒，水柱很急地打在人的皮肤上，微疼。长久后，浴客倒是针对这个淋浴头琢磨出了一套按摩方法，扭动身躯，让水柱击到身体的各处穴位，舒筋松骨，十分舒爽。打在头皮上，能治疗头疼；打在肩上，能治肩周炎；打在腰上，能缓解腰肌劳损。更有甚者，会下个腰，撅屁股，让水柱冲击肛门，给痔疮来一个犁庭扫穴，甚至有些性快感。这种洗澡方式最初被发现时，非议四起，久而久之，就流行起来，浴客们都练就了一身下腰的好功夫。

沈沁雯幼年第一次来浴房的时候，宛如一只乳猪进了屠宰场，叫喊着要走。眼前的女人们如剥橘子般将自己剥得一丝不挂，露出凹凸有致的果肉，还能在水雾中自在攀谈，歌以咏志。这给当年的沈沁雯带来了不少惊悚感。李玉梅只好将女儿强行按在淋浴间的地上，用肥皂给她擦遍全身，还未冲洗完毕，她挣脱着跑开，一脚踩在肥皂沫上，摔了个脑震荡。

如今，沈沁雯的身体与她们并无二异。

在浴房碰到同学是常有之事，同学们会在各个隔间串门，身上沾着肥皂泡，讨论校园八卦，关系好的，就一起搓洗，比一比谁身上的泥条子更多。在男生浴室里，孩子们热衷于学电视里的济公，在身上搓一个仙丹，互相喂一口，喂着喂着就光着屁股追起来。

有时还能碰到班主任杨爱莲，杨爱莲是数学老师，对教学工作十分上心，只要在浴房里逮住自己的学生，就会上前询问作业做完了没，或是给学生进行补习，用肥皂做笔，在地板上讲解起一元二次方程的解法。

那一阵子，班上洗澡洗得勤快的人，数学成绩都突飞猛进。

李玉梅与沈沁雯脱完衣服后，两人守在进门处的淋浴间，时刻观察着进门的人。不出所料，刘燕领着三五个同学也进了浴房，姿势上颇有几分江湖地位。

她与沈沁雯对了一眼，眼神凌厉，沈沁雯垂下头。李玉梅上前一步，把刘燕的气势压制住。刘燕早已听闻李玉梅的狠辣，连自己爸都常常遭她欺负，不敢招惹，就找了一个拐角隔间。脱完衣服，拉开热水把手，水滋的一下冲下来，她往后退了几步，再伸手进去试水温。

浴室里蒸汽四起，赤条条的肉体显出朦胧感，两女工因贾宝玉应该娶林黛玉还是薛宝钗争闹起来，还吸引了其他人围观讨论。李玉梅给女儿使了个眼色，两人一人掩护，一人伺机将刘燕与同伴的衣物掳走。之后，母女俩匆匆穿上衣服，离开浴房。

“妈，我们去哪儿?”沈沁雯觉得眼前的母亲就像武侠剧的刺客，一身黑衣，脚步轻巧，在车间与车间的巷道中穿梭自如。她翻过一堵半米高的围墙，把女儿拉上来，接着纵身跳下，轻盈得如同脚底板长了肉垫的猫。

李玉梅带着女儿走上一道铁梯，推开门，径直来到了一个向下嵌的煤炉房。炉堆四周围着安全栏，她推开一扇铁门，让女儿进来。

一股灼热的气浪袭来，将空气烫出了游动的波纹。沈沁雯望着脚下那片闪着光的橘色焰火，不一会儿，她的视角中央宛如被烧出了一个黑洞，什么也看不清了。

“扔下去，都烧了。”李玉梅下令，是那种死命令。

“妈——”

“烧不烧？你不烧，我就跳下去。”李玉梅双脚一踮。

沈沁雯一只手捂着眼睛，另一只手将衣物都扔进了煤炉里，一团火焰升起。

“谁？谁在楼上？”此时，厂区的巡逻人员打着手电走过来。

李玉梅拉起木愣的女儿，从另一道门匆匆逃离现场。

跑着跑着，两人不由自主笑地出声来，站定后，相望一眼，又收起笑容。

随后，李玉梅爬到一辆货车的卷纸筒上，稳定身躯，举起手。

她好像朝着天空开了一枪。

“乒——”

沈沁雯确信自己听到了枪声，那颗子弹从她弹道般的血管射向无边的夜空，穿过浓雾，穿过气流，穿过真空中飘浮的微尘，幻化出一颗璀璨的星辰。

她也爬了上去，站在母亲的身边，两个对称的身影贴在一起，在夜幕中，宛若一颗果壳中两粒紧挨在一起的黑色果仁。

4. 父亲的散文诗

李玉梅和沈沁雯回到家，母女俩一入巢，两人又耷拉着脸，如两尊蒙着灰尘的菩萨。

李玉梅先是对镜子照了照额头的伤势，随后用扫帚将地上的碎玻璃扫成一堆。

沈沁雯开了电视，坐在沙发上，把频道调到点歌台。点歌台正在播放一首付笛声和任静唱的《知心爱人》，屏幕上有一串彩色的文字上下滚动：祝某某先生、某某小姐新婚快乐。

沈沁雯走到柜子前，翻出一本歌词本，找到一张写了一半歌词的页面，开始续抄歌词：让我的爱，伴着你，直到永远……

李玉梅带着扫帚走到沈沁雯身后，又看了眼电视屏幕。她没好气地说道："这歌一天能放三千遍，看到这夫妻俩就烦。"

"你怎么跟谁都有深仇大恨？"沈沁雯早该习惯母亲那条沾了毒的舌头，她嘴里蹦不出几句好话，随时随地能把人咒死。

"我就是看不惯。"李玉梅用手指了指屏幕，说，"你看这男的，脸都肿成包头鱼了。"

沈沁雯被逗笑了，又赶紧憋住。她停下笔，说："妈，我们也点首歌吧。”

“你钱没处花是吧?”

沈沁雯恳求:“只要十块啊，同学们都点过歌，我从来没点过歌。”

李玉梅说:“怎么了，点了能长块肉出来，还是能让你考100分? 听听就行了。”

沈沁雯压低声音。“我想我爸了，我给他点的。”

李玉梅把扫帚往地上一扔。“都去阴曹地府了，还听什么歌?”

沈沁雯拿起本子往茶几上一拍。“那你给他烧一个电视——”

“烧他个骨头鬼——”李玉梅拿起遥控器把电视关了，“你怎么不给我点首歌? 你爸化成灰了，我还冒着热气呢。”

沈沁雯伸出手。“那你把手机给我，我给你点，我祝你长命百岁。”

“祝我一命归西吧，下辈子我投胎到你肚子里，你体会体会。”

沈沁雯始终不明白，为什么母亲对父亲有这么多没来由的恨? 父亲没有对婚姻不忠，没有暴力虐待她，生前死后的钱财全都交托给她管，母亲连一块钱的纸钱都没烧给他。谁谁家爹死了，葬礼都敲锣打鼓，风风光光的，爸爸是个英雄，骨灰盒就是在后山上一埋，香没点完就拉着她走了。看起来，母亲在这段婚姻中更像个反派，言语上的欺压时常让父亲不愿回家，常一个人搬着板凳去音像店门口看电影。有一次母亲出去寻他，当着邻居的面把他的凳子给摔散了，他也没有过激反应。下次再去，父亲索性就往地上垫一张报纸。

在他们后半程的婚姻中，父亲更多采取躲避的战略，不再硬碰硬，只有在床上生活里，他才会正面迎敌，说出要“弄死你”那样生猛的话。

他们彼此看不惯，又彼此“忠诚”。她很难理解那究竟是一段怎样的婚姻。

沈沁雯又抢过遥控器，打开电视。点歌台曲毕，下一首歌音乐响起，依旧是《知心爱人》。她继续抄写歌词，李玉梅一把抢过歌本，让她别抄了，有这工夫不如去写篇作文。

沈沁雯道出实话：“这歌本不是我的。”

“谁的?”

“我爸的。前两天他的一个同事在厂里找到的，上面写着我爸的名字，说是遗物。”

李玉梅心一颤，拿过本子，翻了几页，脸色倏地凝重起来。随后，她拿出了“万三”写给自己的那些信，与歌词本上的笔迹进行比对，两者的字迹几乎一样。尤其是那个“鱼”字，中间的“十”，歌词本和信中都写成了×。

她破案了，而嫌犯已经死亡，惊诧之余，她回忆起从前，丈夫曾做过邮差，与万三是小弟兄，她寄信收信，都要经过他的手。原来信根本没寄出去，一直是丈夫在代万三回信。她想不清楚其中的逻辑，这让她一下子无所适从，这么多年后她对万三仍旧保持期盼，多半是这些信给了她信念。

她翻开其中最喜欢的一封，里头写着一首散文诗。

史诗女士李玉梅

如果你是一种颜色，那一定是橘色，是一种秋日里阳光的颜色。

如果你是一盏灯，那一定是月儿躲在薄云后，幻变成一盏窈窕的纱灯。

如果你是一场雨，那一定是一场疾风中的骤雨，有着那样直率而热烈的个性。

如果你是一束火，那一定是一场萤火，那样俏皮灵动地飞舞着。

我想你也是一条河流，时刻变化形态，却每时每刻都是新的。

你是那样具有魔幻色彩的一笔，在这个浩瀚的宇宙中，为某个时空的坐标划开了一个无限大又无限小的瞬间，里面蕴藏着一场放浪、放纵、放肆又破碎的梦，是一场让我厌倦世俗、走向冒险的旅程。

让我们走入宇宙中某个只属于我们的角落。我们将丰富得就像一块连体的果仁，都躲在微小的果壳中；我们纯粹得就如一幅简笔画，只活在这座简单的纸上城市里。而我始终知晓，你是这个宇宙间无与伦比的史诗女士。

只有这封信，没有“万三”的落款。

他一直是爱她的。

李玉梅合上信，走到厕所洗了把脸，又走上楼在床边怔了一会儿，丈夫的枕头放在床脚，往常他们都是脚对脚睡。看着看着，她眼睛一酸，把他的枕头拿到床头，对整齐，把这些信都塞进了枕套里。

她似乎能听到一些回音，仿佛是那个踩着单车送信的邮差的呼吸，仿佛是他们沉迷于情欲的时候那耳鬓厮磨的喘息，又或者是曾经的婚姻中还未恶语相向前的恋人的絮语。

是这些信，让她这么多年一直没有真正爱他，也是这些信，似乎又让自己愧疚没爱他。

他死了，答案无法追溯，也无须论证，徒留自己的烦忧在人间落地生根。

李玉梅走下楼，把手机扔到沈沁雯怀里。“给他点首歌吧。”李玉梅说。

“给谁?”

“你爸。”

“怎么突然大发慈悲了?”

“这辈子欠他的。”

“点什么歌?”

“《知心爱人》。”

沈沁雯翻开手机盖，按下号码，再按外放键，一阵音乐声后，接线员上线了。

“喂，我们是点歌台，请问您要点什么歌曲?”

“我们要点一首《知心爱人》。”沈沁雯慌张又兴奋地说。

“好，您要送给哪位爱人呢？可以把寄语告诉我。”

沈沁雯把手机给李玉梅，李玉梅接过电话，想了想，说：“送给我丈夫，希望他下辈子别遇到我。”

接线员不解。“您二位是有什么矛盾吗？是夫妻吵架了吗？建议您跟他沟通一下，寄语您再想想。”

“沟通不了，隔太远了。”

“他不在您身边吗?”

“对，他下去了，这辈子回不来了。”

“……”

“别问了，大半夜的。喂，喂——我还在阳间，不是地府打过来的，没闹鬼，你赶紧写上去。”

“好，您稍等。”

打完电话后，李玉梅坐到沙发上，靠在女儿旁边，盯着电视屏幕。屏幕上出现一行大号白色的字体：沈国根，希望你下辈子别遇见我。你爱人——李玉梅。

母女俩听着歌曲，眼珠子跟着那条游动的字幕转来转去。

李玉梅问女儿：“我们难得点一次歌，你就不觉得这段话很别扭吗?”

“我觉得写得很好。”沈沁雯回。

“你说你爸恨我吗?”李玉梅又问。

“他从来不恨你，他只是怕你。”

“怕我！”李玉梅起身离开，走到楼梯口，又转过身对女儿说，“下辈子咱们三个呀，别做一家人了，真不合适。你们要是再看见我，躲远点。”

“知道了。”沈沁雯淡淡地回。

她帮父亲写完了最后一句歌词，合上本子，接着走到门口，划着一根火柴，点燃了歌词本，火焰在她心口里烧出了一个窟窿。

5. 刻在掌纹中的幸福线

造纸厂一周一次员工大会，除了几个重要车间要保障运作外，其余车间的员工均要出席会议。会场地点就在新建的办公楼下，办公楼十分气派，共有十一层。会议往往由老总的女秘书主持，据说她是哥伦比亚还是哥本哈根大学毕业的高才生，一入职便受到重用。讲台上，她长发披肩，身材高挑，红裙包臀，气质出众，在数百个穿着蓝色工作服的员工中，犹如一朵娇艳的鲜花在万草丛中盛开。

她在会议台上一一介绍出席的各位领导，每念一个名字，刘光明等车间主任就带动员工鼓掌。根据领导的级别，掌声持续的时间、力度都有很大的讲究。

会议往往会宣布过去一周厂区的光荣事迹，如省市领导的参观考察，如各类纸品的增产数据，如董事长如何高瞻远瞩，带领员工走出了一条通往小康家庭的光明大道，以激励员工再接再厉，感恩戴德。照这形势，若哪天董事长驾鹤西去，员工披麻戴孝也不是不可能。

接下去，女秘书打开公文夹，宣布上一周的先进员工，每个车间、食堂、报刊部、安保部、销售部各评选一名，上台接受检阅。

若厂区发生任何怠工、偷窃、打架、顶撞领导的恶性事件，也会予以通报批评。员工们似乎对荣誉事迹毫无兴趣，只会在台下小声讨论女秘书的穿着打扮、容貌身材。久而久之，高才生女秘书逐渐被描述成一名风尘女子，与厂区众多男性甚至螺丝工都有一段风流艳史。

这时，刘光明走上台，接过女秘书的麦克风，拍了拍，喂喂两声。他说："我说两句。"员工们有些不耐烦。他重复道："就说两句。"

"七号车间李玉梅，在吧？来，举个手。"

工友们望向李玉梅，李玉梅把手举起来。

刘光明找到那条胳膊后，继续讲："我这边要代表我们车间通报批评李玉梅。李玉梅，女，四十岁，叉车组，有员工目睹她于昨晚在公共浴室洗澡，偷窃了一名员工家属——也就是我女儿的衣物，衣物中有一块价值不菲的观音玉。公共浴室是我们公司的福利场所，充满了董事长的人文关怀，而李玉梅的行为给公司以及我们车间，包括员工家属造成了极其恶劣的影响。这种行为是可耻的，是可恨的。我们董事长一直教导我们要端正做人，明白做事，而李玉梅屡次在厂里制造麻烦，寻衅滋事，这次更升级到偷盗一个初中三年级女生的财物。鉴于老董事长'改造为主，惩罚为辅'的教育方针，请李玉梅于今天立刻归还财物，且半年内不得进入公共浴室，并处以二百元罚款。通报完毕。”

刘光明把麦克风又交回秘书手中，众人望向李玉梅，七嘴八舌。李玉梅蹦出一句脏话后，如一条游龙冲开人群，浮上步梯，挥出巴掌就要扇刘光明。“你个脑子搭错筋的东西，我什么时候偷你女儿东西了？你今天当着领导的面给我说清楚，你要是说不清楚，我拔了你的舌头。”

一出好戏上场，员工们亢奋了，开始起哄。

刘光明还未说话，后脖颈就挨了李玉梅两下，几道指甲划开的血痕从黝黑的皮肤中浮现，如几条产卵期的红蚯蚓从黑土中微微隆起。他的领子被扯到了肩膀处，纽扣也绷开了两颗，狼狈地弓着背脊跑到女秘书那儿，夺过麦克风，大喊一声“住手”。

李玉梅被喝住了，她转头看了看领导和工友，这才意识到自己失态了。鉴于自己在厂区的江湖地位，没人上前拦她，大伙反而都挥着拳头，如拳击台下鼓噪的人群，期待一场铁鸡斗蜈蚣的比赛。

“李玉梅，你别太过分了——董事长在这儿看着呢。”刘光明又发出警告。

李玉梅一手叉腰，嗓音比麦克风还响。“刘光明，你凭什么血口喷人，你针对我不是一天两天了，饭可以乱吃，屁别给我乱放。小心我把你的屁眼缝起来。”说到此处，李玉梅上前一步指了指刘光明的嘴，引起台下一阵大笑。

“李玉梅，你也太没纪律了，今天什么日子？少给我撒野。”

“你倒是说清楚啊，我在这厂里也干了十几年了，什么时候拿过厂里的一颗螺丝？你记不记得你的叉车还是我教你开的，那时候你叫我李姐，现在当上车间主任，了不起了是吧？有奶就叫娘，没奶了你翻脸不认娘了。”李玉梅的话术，将两人上下级的关系变成了母子关系，又结结实实羞辱了刘光明一把。

刘光明气得在空气中挥了一拳。“李玉梅，我已经在董事长面前给你说过人情了，你别不知道好歹。要不是念你在这里干了十几年，还有国根是在厂里出了意外，早就把你开了。”

一提到李玉梅的亡夫，李玉梅情绪更抑制不住。“你开呀，你开一个我试试。”她如一匹挣断缰绳的野马，烈冲冲地上前要顶刘光明。刘光明一个猫步躲到了女秘书身后，将她当作堡垒，这才没让李玉梅取走小命。

此时，董事长孙有贵站了起来，全场肃静。

他招了招手，叫过保卫科的小郑，吩咐道：“再去查查。”

说罢，会议解散，董事长背着手，走下红地毯，进了办公大厦。

在李玉梅批判大会的同一天，南塘中学初三二班的课堂上，沈沁雯也有同样的遭遇。

在数学课开始之前，班主任杨老师召开了一次紧急班会。沈沁雯与刘燕对视了一眼，刘燕的眼神宛如一道白刃，在沈沁雯的角膜上划了一下。

早在上午，刘光明就来到学校找杨老师，将事情原委诉之，并传达了“教育为主，批判为辅”的高尚诉求。为表感谢，刘光明送了杨老师一盒安顶山白茶。杨老师会意，表示会认真处理。

上课铃响，杨老师走进教室，抽了一根粉笔，在黑板上写下“坦白从宽”四个大字。

正在同学们疑惑间，她双手撑在讲桌上，严肃道：“在这堂课开始前，我先问同学们一个问题，你们到学校究竟是来学什么呢?”

同学们在台下讨论，刘燕站起来率先发言。“我们来学校是先学做人，再学知识。”

“很好，请坐下。我们来学校学习知识没错，但比学习更重要的，是学会做人。做什么人，做顶天立地的人，做坦坦荡荡的人，做团结友爱的人，做诚实守信的人。”

同学们被这一串成语唬住，这数学老师颇有语文老师的风范。

杨老师接着说：“最近班级发生了一件不好的事情，有名同学在厂里的洗浴室偷走了另一名同学的衣服，其中有一块价值不菲的玉佩。老师认为，偷盗这件事情是可耻的，其后果是严重的，不仅损害了同学的利益，也让人心走进了一条死胡同。《三国演义》里有个人物叫侯成，他在下邳城中利用职务之便，深夜盗取了吕布心爱的赤兔宝马一匹，后又用此马向曹丞相行贿，间接导致了三国第一猛将吕布的惨死。”

沈沁雯听到这儿，摘下了助听器，只看见杨老师的眼神不停地瞥向自己，嘴唇如两条水蛭般蠕动。

“人非圣贤，孰能无过。只要这名同学能坦白错误，纠正错误，咱们今天这班会就没有白开。”杨老师走到沈沁雯跟前，将沈沁雯的助听器又戴到她耳朵上，“沈沁雯，专心听老师讲。”

沈沁雯仍低着头。

杨老师说：“现在，请这名同学自己站起来承认错误，交还赃物，否则这节课大家就这么耗着吧。”

沈沁雯站了起来，说：“我承认，那晚是我拿走了刘燕的衣服，但我没有偷她的玉。”

杨老师说：“很好，沈沁雯，你迈出了第一步。那你有共犯吗？”

沈沁雯问：“什么共犯？”

杨老师解释：“共同犯罪的人。”

杨老师用到了犯罪一词，瞬间把教室课堂变成了庭审现场。杨老师成了法官，刘燕成了原告，沈沁雯成了被告，同学们成了陪审团。

沈沁雯说：“杨老师，我妈她也不会这么干。”

杨老师说：“那就是你妈咯。你妈上次来开家长会，是不是把刘燕他爸的假发都揪下来了。”

沈沁雯说：“是，我妈脾气不好，但她不做坏事，也没有教唆我。我们俩是无辜的。”

杨老师说：“凡事讲究真凭实据。你妈伙同你把一名女生的衣服从浴室偷走，玉佩就放在衣服里。哪怕你们无心偷东西，但也酿成了受害者的财产和尊严的损失。”

教室里一个同学用笔戳了戳前排的刘燕，捂着嘴问：“哎，你们是怎么没穿衣服从浴室里走出来的？”

刘燕拿起本子往他身上一摔：“要你管——”

沈沁雯再次申辩：“老师，我们真的没偷玉佩。我妈最多逛菜市场多拿别人两根葱，她不会干这事。”

杨老师说：“所以说，你至少承认了你们是在报复刘燕同学。一大一小，欺负一个未成年女孩。每个女孩都是一朵含苞待放的花朵，你们把她的花瓣全给扯了。”

沈沁雯反驳：“她可不是什么花骨朵，她干的坏事可多了。你根本就没有了解事情的原委，我妈说，我们这叫替天行道。”

同学们一听到替天行道，纷纷叫好。这两年他们没少受刘燕的气，班集体宛如一个小江湖，少不了江湖恩怨，刘燕私底下的外号就叫母夜叉，沈沁雯这一着儿等于是替武林除害。

“肃静——肃静——”杨老师拿着黑板擦，在讲桌上重重拍了两下。空气里散出一阵粉笔灰，宛如马蹄从尘土中奔腾而过。

杨老师：“沈沁雯，你的毕业证不想要了吗？你快说，把东西藏哪儿了，赶紧将功补过。”

沈沁雯：“找不回来了，我们扔到焚化炉里了，都成一堆灰了。”

说到此，刘燕大声哭了起来。“那是我奶奶去世前留给我的——”

杨老师："你们母女俩挺厉害的呀——"

沈沁雯："我也不想这么干，我也是被逼上梁山。"

杨老师："你知道梁山好汉的下场是什么吗？"

沈沁雯："我正在看《水浒》，电视还没播到这一集。"

杨老师拿起一根粉笔，一下子把粉笔折断。"懂了吗？"

"一根变两根了。"

"这叫身首异处。"

这个比喻把沈沁雯激怒了。沈沁雯说："我妈不是母大虫，她是孙悟空，生死簿上没有她的名，砍了一次头，还会再长出来，没人伤得了她。"

杨老师气得把粉笔往地上一掷："回头把你妈叫到学校来，我看看她有什么本事。"

沈沁雯警告道："杨老师，你不是我妈的对手，我劝你离她远点，牛鬼蛇神都要躲着她。"

杨老师两条眉毛快跳出额头了，她一把揪住沈沁雯的衣领，把她拎到了教室门口。"你，在这里好好给我反省，回头写一份检讨书。"

沈沁雯扭过头，什么检讨书，写了就成认罪书了，而且今天同学的助威让她突然有了胆量，就跟武松喝了酒能打老虎似的，自己虽算不上什么英雄好汉，但今天的表现也算个女中豪杰。

她摘下助听器，放进口袋，抬头看着校园的天空。云层是灰色的，但它的轮廓是一根金线。她听见了云层背面被阳光炙烤的声音，酥酥麻麻的，听上去很舒服。

放学后，沈沁雯走出学校大门，李玉梅穿着工作服，正坐在石墩上等她。她最近痔疮犯了，正扭动身子用石墩的棱角给自己搔痒。

沈沁雯走过去，绕开李玉梅继续往前走。李玉梅跟上，去拉沈沁雯的胳膊，沈沁雯甩开她的手，往前走了几步，李玉梅又来拉她，她回过身。“哎呀，你烦不烦啊——”

李玉梅：“受委屈了？”

沈沁雯：“知道你还问？”

李玉梅：“你老师怎么说？”

沈沁雯：“让我认罪呗，把赃物交出来。还让我检举你，戴罪立功。”

李玉梅：“你怎么做的？”

沈沁雯：“咱俩是共犯，一根绳上的蚂蚱，我要是连你都出卖了，我还是不是人啊？”

李玉梅：“哟，还挺讲义气的嘛。再问起来，你就说是我逼你干的，人家不会为难一个孩子，更拿我没办法。”

沈沁雯：“我都流两年月经了，不是孩子了。李玉梅，你别给我装伟大，我不需要你保护，我就是看不惯这帮假模假式的人。”

李玉梅笑了：“你骨子里还是像我的嘛！”

沈沁雯：“谁像你啊，要是像你一样，我都不知道死了多少回了。你福大命大，就是克夫。”

李玉梅拍了沈沁雯后脑一下。

“我说了，你爸是被我们家厕所克死的。我找徐天师看过手相，我给你分析分析。”李玉梅伸出手，露出自己的掌纹，“你瞧，这条是你爸，他的命运线往前拐就没了。这条是我，这条是你，我们分得很开，但是到后面就交会了，缠到一起了，就像鱼鳞一样。”

沈沁雯往李玉梅手上拍了一掌。“我不要和你交会到一起，我也不想做你这样的人。你总惹麻烦，隔三岔五闹出什么事，要不是你——”

“什么？”

“当我没说吧。”

“你嫌我拖累你了？我还不是为你出口气。”

“你就是为了给自己出气。”

“你真是没良心哎——”

“没心没肺，活着不累。”

沈沁雯加快脚步，拉开与李玉梅的距离。李玉梅看着女儿的背影，慢慢在夕阳里消融，有那么一瞬间，她似乎找到与女儿“一个鼻孔出气”的相处模式，尽管这让她们看上去并不像一对真正的母女。女儿似乎在有意无意地逃离自己，她希望女儿和自己一样刚强，但拒绝将此定义为一种掌控。她并不打算告知女儿自己今天在厂里挨了批，总不能让女儿为自己操心，从第一口乳汁喂到娃嘴里，她就从未想过有一天让女儿反哺自己。

她抬起手，又看了看掌纹。她看到那两条像鱼鳞一样交叉在一起的生命线，在它的尾端，两条纹路终究是拐向了不同的方向。

谁的命都得自己走完。

6. 母亲当了“软脚蟹”

万三住进了晶都旅馆，他躺在铺着混纺床单的钢丝床上，双手交叉垫着后脑勺，微闭着眼睛，回忆过去种种。李玉梅宛如一只野蝴蝶，在他的记忆里翩翩起舞。之后，他又走入一条幽暗的隧道，在隧道尽头，他看见了她睁着惊恐的眼睛，举着一把枪对着正在注视她的自己，乒——

他这才意识到，那个注视着自己一切的是他的父亲。子弹射进了他左心室的主动脉。

他从床上清醒过来。

他本打算今天离开南塘，出于某种担忧，他决定先留下，不确信自己是否还喜欢李玉梅，确信的是，他曾经是想过要带她远走高飞的。他在少年时期准备离开南塘，想去河对岸的观音庙问命运，走到门口香炉鼎前，看见李玉梅跪在观音像前。他转身离开，去了东塘。东塘只有一座基督教堂。他坐在教堂里的长椅上听牧师布道，结束后，他走到牧师身边，向牧师请教自己和李玉梅的命运。牧师说自己不会算命，算命是道士干的事情，接着，牧师跟他说起《创世记》。上帝按照自己的模样创造了亚当，而夏娃是亚当身上的一根肋骨变的，女性本是男人身上的一部分，应该去守护好自己的伴侣。万三想了想，说，有了这根肋骨，男人才能把胸膛挺起来，才能立足于天地，是不是？所以女人也是男人的卯榫，是支撑。牧师认为他说得很好，问他是否有勇气去带走那个女孩。万三又想了想，没回答，之后独自一人离开了南塘。

他认为如今自己并不爱李玉梅，人终究是会变的，信念也会。这不是一种自主的变化，而是环境所致，适应就意味着改变，这是宇宙间亘古不变的定律。

凌晨时分，他越来越清醒，房间里的灯泡的钨丝忽明忽暗，灯泡旁的飞虫被这种不规律的光源折磨得四处乱撞。隔壁屋子传来一阵男女的叫床声，钢丝床前后摇晃，吱吱呀呀撞击墙壁。他有些心烦，打开电视机，电视频道正在放《水浒传》，西门庆正啃着潘金莲的嘴。

万三犹如吞下了一块烧红的蜂窝煤，胸口烫得不行。他穿上拖鞋，走到隔壁房门口，刚要叩门，手悬停在空中，又变了手势扶在门上，探出脖子，把耳朵贴到门上。恰巧旅馆老板娘花姐走上楼，万三立刻从窃听的姿势转变成一种巡逻的姿态。

花姐歪了下嘴角，问：“听着啥了不？”

万三解释：“大半夜的，吵得我睡不着觉，得管一管了。”

花姐又笑了一下：“人家就是不想被管才来这儿的。你以为来我这儿住店的都是来看电视的啊？”

万三做出手势将花姐迎到自己的门口，指着屋里一闪一闪的灯泡，说：“灯坏了。”

花姐走进屋，搬来一把椅子，踩了上去，拧下灯泡，借着走廊的灯光，将灯泡重新拧进了螺纹口。“好了，是接触不良。”

“唉——”

万三从兜里掏出一盒烟，给花姐递了一根。“我看到你抽烟的。”

花姐接过烟的瞬间，砰的一下，灯泡炸了，全屋黑了。

万三和花姐条件反射般颤了一下，两人随后笑起来。

万三用大拇指擦了两下打火机的火石轮，火苗蹿出来，只见火苗散开的光束中，花姐妩媚地含着一根烟，微侧着脸向火源靠近，火苗点着烟丝后，一阵雾从她的唇齿中吐出来。

花姐说：“去楼下坐坐？”

“好。”

两人来到迎宾台，花姐从抽屉中抽出一盒“玉溪”，扔给万三。“抽这个。”

话刚说完，一辆摩托骑到旅馆门口，车上的中年男人朝旅馆打量了两眼。花姐一见，连忙抄起一把扫帚，就跟峨眉派的道姑似的，把扫帚夹在身后，步步生风，在半空中抡出一道圆弧，结结实实打在那人的脑门上。

那男人挨了一扫帚，马上就逃了，从车上散落了一堆卡片。

“什么人啊？古惑仔吗？”万三追出来问。

“塞招嫖卡片的。我这正规旅馆，客人偷情我管不着，但我这里禁止卖淫嫖娼。”

“你很有原则啊！”万三心生敬意。

“上回有一个客人在我的旅馆里叫小姐，后来被仙人跳了，弄得我这里鸡飞狗跳，派出所还让我停业整顿俩星期。男人啊，有时候不知是把睾子当脑子使，还是把脑子萎缩成睾子了。”

什么脑子、睾子？“我们这儿不叫睾子，叫卵子，或者卵泡。”万三说。

“我知道，这儿的人常说‘你算哪个卵泡’，这比‘你算哪根葱’侮辱性大多了。”

两人走回店内，花姐双手合并，朝着墙上的佛像拜了拜，手尖顶了顶额头。

万三问：“你说，人们信道、信佛、信耶稣，究竟在信什么？”

花姐说：“信一个承诺。”

万三说：“你也是吗？”

花姐说：“说不准，反正我知道人不能信，人大多数情况下都在说鬼话。”

万三问：“何以见得？”

花姐说：“我以前干按摩的，遇到过各种各样的人，医生、教师、作家、货车司机、杀猪的、养鱼的……他们身上的味我一闻就能闻出来。我身上有职业病，我不只摸男人的身子，也摸男人的心。”

万三问：“你看我像什么人？”

花姐说：“像道士下山。”

万三又问：“遇到喜欢的人了吗？”

花姐说：“就遇到一个，是个修摩托车的。他的手很大，有一股汽油的味道，蛮好闻的。”

“为什么没在一起？”

“他老婆不答应。”

万三的鼻腔“嗤”的一声。

花姐问：“我听你口音是本地人吧，怎么一个人来住店？”

万三说：“来给我娘娘办丧事的。她那里我住不惯，就在这儿将就几天。”

花姐问：“啥时候走？”

万三心里没主意，也许明天，也许后天，自被李玉梅劫下车后，他似乎就少了逃跑那个劲儿了。他也不愿回老屋子住，夜里总容易想起他爸，身上还带着一个流血的窟窿。

花姐说：“你要是想留下，可以在我这边长租，只要不嫌吵。”

万三说：“这里的人都知道我以前杀过人。”

花姐没被吓着，她说：“正好，我这儿也是孙二娘十字坡的包子铺。”

万三笑了：“那我这是遇到对手了。”

万三和花姐坐到一张皲着皮的沙发上，花姐的一条腿搁到另一条腿上，沙发棉芯中的弹簧咯吱一声，万三往后挪了一下。花姐侧着身，朝向万三，手肘搁在沙发上，掌心托着脸。

她无意向万三展现自己的风韵，这是她与生俱来的特质，藏不了。在做按摩的那十几年里，她一直被装在一间散着淡淡红光的按摩房里，白皙的皮肤宛如抹上了一层胭脂，即便离开那个地方，这层胭脂也一直印在她的脸蛋、脖颈，甚至是胳肢窝里。那时候，她与世界的沟通渠道便是那些客人的嘴，她习惯性地想去了解别人的人生，渴望从中找到一种让自己也感到满意的生活。

花姐说："跟我说说你吧，你过去是做什么的，以后想做什么。"

万三问："你对别人的过去很感兴趣吗？"

花姐说："是的，尤其是萍水相逢的人。"

万三又问花姐要了一根玉溪，他俩正对着脸，中间隔着一层雾，宛如一顶在风中摇摆的纱帐。

万三告诉花姐，自己只对体育感兴趣，尤其是跳绳，在十几年前，自己参加过中国男子单摇跳绳的锦标赛，获得了全国冠军。为了验证自己的说法，他从皮夹里掏出一张裁剪过的报纸，报纸上是自己在领奖台上的青涩模样。花姐对比了一下，说万三年轻时挺俊朗，她又问万三为什么喜欢跳绳。万三说，跳绳能够调动身上的每一寸肌肉，让他感觉到自己的心肝脾肺肾，甚至是毛孔，像一台机器的零件一样产生一种规律性的运动，这能让他爱上自己身体的每一部分。花姐又问他跳绳的时候在想什么？万三说，什么也不想，思想是一种重量，会让身体产生负担。听说灵魂的重量是二十一克，当你让这二十一克在你活着的时候离开身体，事情就这么成了。

什么也不想？那是一种什么样的状态？花姐很好奇，却并不觉得万三在故弄玄虚。

万三形容不出来，他的皮囊已不复往昔，体内的“零件”都生了锈，他再也跳不到从前的状态。他认为自己在命运面前就像一根羽毛，风吹到哪儿，它就在哪儿。他试图成为一颗种子，哪怕去岩壁的缝隙上扎根，在悬崖上经受风雨，也好过这种漂泊不定的生活。

花姐说自己也有这种感觉，她一直在飞，她总是在别人的故事中寻找落脚的地点，到头来才发现，所有人都没有落脚点。花姐又说，成家或是立业，本质上就是想把自己死死地卡在一条缝隙里，但属于自己的小小的一方天地，却能大过不属于自己的天地。

两人聊得挺投缘，一个按摩女郎，一个失业青年，言辞中颇有些哲学的思辨。

万三问花姐为什么不干按摩了。花姐很直白，她说自己这对胸给上千人推过油，就是在身上抹上润滑液，用乳尖摩挲客人的后背，再翻过来，按摩前身。不算力气活，但需要有眼力见儿，发现客人的敏感区，他下次就还会再来点你。她觉得许多来做按摩的都是挺孤独的人，需要倾诉，被理解，所以陪客人聊天是很重要的事情，就像安抚一个孩子。有些客人会撒谎，有些客人爱高谈阔论，有些客人有特殊癖好，比如要吃她的脚指头。他们本质上都是同一种人，孤独的人，是真实的。按摩的价格是定死的，所以客人就没有三六九等，她可以以一种更公正的心态去审视这个社会的人，从而去推断按摩房外的世界是什么样的。后来政策上要创建文明城市，这项服务犯法，干不下去了。人总要谋出路，鱼总要游，索性就开了这家旅馆，迎来送往，就跟从前一样。开旅馆这几年，偶尔能遇到几个有意思的客人，就跟万三一样，人家本想住一宿，结果跟我在这张沙发上聊到天亮。

万三问花姐，就没有聊出什么火花吗？花姐说，我经常把人给聊硬了。有人说想睡我，让我开个价，我就给他的卵泡上捏一下。花姐做出一个捏核桃的手势，万三双腿一夹，一种隔空的疼痛感袭来。

花姐笑得不行，又说她遇到过一个男人，他要在这儿短暂停留几天，还不清楚他要去哪儿。万三问是谁。花姐说，他在我眼睛里，你瞧瞧。

花姐把眼睛睁大，凑了上去。这一举动直接把万三的耳朵烫红了，起了生理反应。他早该清楚一个按摩女郎的嘴是千锤百炼过的，她总能在分寸中让语言夹着钩子，把人的兴致钓起来。

花姐瞧见万三的反应，也不想奚落他，只表示自己愿意帮他个忙。她虽是外来客，但在这十里八乡倒也有些江湖地位，她在南塘中学有些人脉，她可以引荐万三去做一名体育代课老师。万三有些意外，问花姐为什么有这种想法。花姐说，当别人拿不定主意的时候，她愿意给人拿个主意，至于是好是坏，就走着瞧。

万三掐灭烟头，说：“那就走着瞧。”

翌日，李玉梅来旅馆找万三，她着急忙慌来到万三的房间，房门没锁。万三反躺在床上，一只手从床上悬在地上。李玉梅喊了他两声，没反应，她就用一只脚踩住另一只脚的鞋跟，脱下鞋，用脚后跟在他身上蹬了两下。

万三睁开眼，看见李玉梅，马上做出一只兔子傍地的姿势，问她来这儿做什么。

李玉梅从水壶里倒了一杯水，递给万三，说：“求你给我出个主意。”

万三盘起腿，问：“出什么主意？”

李玉梅将自己在工厂以及女儿在学校接受审判的事情原委都跟万三说了。万三骂了李玉梅一顿，说她一个成年人不经大脑思考，带着女儿报复别人，报复也就算了，还落下把柄，把女儿拖下水。你是天不怕地不怕，孩子在学校遭受排挤对心理健康影响很大，很容易培养出反社会人格。李玉梅问什么是反社会人格，万三说，就是无法适应文明社会下的规则，常常做出没有自我克制力的事情，比如偷抢拐骗、精神癫狂，是一种返祖现象，和动物没有区别。

“那该怎么办？”

“登门道歉，把损失降到最低。”

“想得美。”

“李玉梅，多用用你核桃一样大的脑子，为女儿服一次软，少不了你一块肉。”

“那我的尊严都没了。”

“尊严是不可以丢，但丢了可以用其他方式再拿回来。”

“我让你给我出主意，不是让你把我推到火坑里。”

万三不耐烦地从床上站了起来，“走走走——”他把李玉梅推出门，把门锁上。

李玉梅走到万顺面馆。

交关好正在给客人下面条，李玉梅坐在门外的折叠凳上，从竹筒里抽出两支筷子，用筷尾敲了敲桌子。“交关好，一碗片儿汆，加个荷包蛋。”

交关好端着一碗面出门，给客人摆上，瞧见李玉梅一脸晦气，嘲弄道：“哎哟，今天不上班啊？”

李玉梅把筷子往桌上一拍，说：“交关好啊，谁不知道你长着一对顺风耳？”

交关好把肩上的毛巾取下，给李玉梅擦了擦桌子。“哎哟，你的事见怪不怪了，十个来吃面的，九个在讲你。怎么了，把刘光明得罪啦？这次又让你待工几天？”

“厂里下通知了，让我在家待业半个月，等事情调查清楚。你说，怎么刘光明就一点事没有？他污蔑我哎，我的名声也很重要。”

交关好笑嘻嘻道：“你的名声早就臭大街了。”

“什么意思？我就这么不招人喜欢？”

“你身上啊，就没一个女人的样子。”

交关好走回灶台，开始下面条，李玉梅不依不饶跟了进去。“你说女人该是什么样？”

“女人嘛，总得温柔体贴吧。哪像你，一张嘴每天到处放炮，这条街哪一户没挨过你的炮。大家都忍着你罢了。”

李玉梅的鼻孔就像烧开的水壶口，噌噌冒着热气。“女人就该温柔？你讲讲，女人和男人有什么不一样？肉是肉，血是血，骨头是骨头，一个嘴巴一个屁眼。再讲了，我上班勤恳，不偷不抢，坦坦荡荡，潇潇洒洒，有什么好忍的？这条街谁没干过点龌龊事？比起你们，我已经是雪山上的那一朵白莲花。”

交关好笑了出来，他说：“反正我不讨厌你，你不是一只软脚蟹。不过白莲花就算了，顶多是一朵乌莲花吧。”

“我去你的——”

李玉梅说完就要拍交关好的脑门。交关好脖子一缩，忙求饶，“这碗面我请，我请。”

李玉梅罢手，又坐回去。

交关好给她上了面后，她当着交关好的面在碗里猛加了半瓶醋、半碗花椒酱。交关好不敢招惹她，否则她真有可能把店里的调料酱都倒完。

李玉梅拌了拌面条，一口下去，呛得整张脸缩起来。

交关好眯着眼睛。“你看吧，最后受罪的不还是你自己。人哪，要多动脑筋，要会演戏，不然吃亏的不还是自己？”

李玉梅问：“你说这事怎么解决？”

交关好给李玉梅出了一个主意。“上门赔礼道歉吧，刘光明就是想压你一头，谁让你上次举报他乱搞男女关系。你就主动蹲下半截身子，这事就很好解决嘛，别总想着为自己争口气。我女儿说了，沁雯在学校里也被老师批评了，她性格本就孤僻，你闹出这个事情，不就是让别人像排挤你一样排挤她吗？忍字当头，孙膑都能在庞涓面前吃屎，你这算什么事。”

“呸呸呸，你才吃屎，你全家吃屎，要吃我家茅坑里多的是。”李玉梅放下筷子，气冲冲离开。

李玉梅走到砚池边坐了一会儿。转念一想，万三和交关好的话也有几分道理。不为自己想想，也得为女儿想想，她才十五岁，爹也没了，哪儿受得了这阵仗。所谓男儿膝下有黄金，可我是女人啊！想罢，她又走回巷子里，来到老章裁缝店。

“阿玉——”李玉梅双脚跨进门槛，走到阿玉的洋车前。阿玉的双脚稳住洋车的踏板，缝针在一条牛仔裤的裤裆处停住。

“怎么了，玉梅？”

“我买一双布鞋，好点的，我送人。”

“送刘光明？”

“你怎么知道？”

“你跟交关好聊天，我都听着呢。”

“你怎么还偷听？”

“你的嗓门比喇叭还响，隔壁菜场都听到了。”

李玉梅在裁缝店的货架上翻找了一阵，抽出了一只厚底的布鞋，她掐住鞋子在货架的隔层上拍了两下，掸出一阵灰，又拗了两下鞋底，对阿玉说：“这鞋子不错，另一只呢？”

阿玉让李玉梅把鞋子递过来，瞧了一眼，说：“这鞋子只有一只，不卖的，哪个人落下的不清楚了。”

李玉梅想了想，这还不好办哪，她让阿玉把这只鞋送她，反正不成对，也不值钱。阿玉没来得及提意见，李玉梅又从货柜下翻出一个鞋盒，直接把鞋子顺走了。

接着，她又来到莲友寿品店。

徐莲友扶在桌子前念咒，她手里拿着一张符，在烛火旁边转了三圈，拿起铃摇两下，这符就算开光了。

“徐天师啊，没打搅你吧——”李玉梅在她背后轻声呼道。

徐莲友将开光的符摞成一沓，转过身，李玉梅帮她把身后的长凳移开，方便她走出来。她老迈的身躯走出了一种机械表的节奏，脚步又软得如踩在云上。

她将客户的丧品归置整齐后，才问李玉梅所为何事。

李玉梅说：“我这儿有只鞋，您看看，您这儿有没有单只的，跟这只能凑一对的。”

徐莲友随后走到床榻前，从床底下摸出一只鞋，在床榻上拍了两下，递给李玉梅。“这只鞋是我以前的老头用过的，你拿走吧。”

李玉梅接过来一看，布鞋上还有一朵用金线缝的莲花。

她问："这鞋子是你老头走的时候穿的？"

她回："是的，火化前才换下来的，另一只丢了。这朵莲花啊，就是步步生莲、早登仙界的意思。"

李玉梅刚想说她凑这双鞋是送礼用的，话到嘴边又咽下去。两只鞋大小正好一样，算是缘分，弃之可惜，于是收下。

随后，李玉梅又去菜场买了两斤猪头肉，在嘉旺副食品店买了一壶绍兴老酒，这礼就算齐了。

傍晚，母女俩吃着晚饭，巷子里的居民饭后开始游荡，一部分人去了晶都旅馆的棋牌室看人搓麻将，一部分人去了时代音像店门口看电影，一部分人在万顺面馆门口聊新闻，个个义愤填膺，声称要去台湾擒拿陈水扁。

李玉梅用抹布把八仙桌擦干净，命令女儿将作业做完，自己提着东西出了门。

沈沁雯觉察到母亲的不对劲，她把笔一搁，悄悄跟出门，尾随李玉梅来到刘光明家。只见李玉梅进门前，在停在门口的面包车的反光镜前整理了一番仪容，挺了挺胸。

此时，刘光明老婆正坐在沙发上，嘴里嗑着南瓜子，一只脚架在刘光明肩膀上。刘光明坐在小板凳上，系着围裙，剥着毛豆，一个个毛豆如翡翠般荧绿，盛在一只瓷碗里。

刘光明老婆见李玉梅来了，用脚踢了踢刘光明。刘光明站起身，摸了摸围裙，惊讶道："李玉梅，你怎么来了？"

李玉梅四处张望一番，遂把猪头肉挂在客厅的衣架上，跟衣服碰到了一起，然后把酒和鞋盒摆在沙发前的茶几上。

刘光明盯了猪肉一眼，紧张地问："你这是干什么?"

李玉梅长吁一口气。她说："你女儿的事，是我们母女俩不对，那块玉我们是真没拿。你是我们的车间主任，凡事都要照顾我们，吃了不少苦。我李玉梅是个懂道理的人，今天来给你赔礼道歉，你别计较了。我保准以后管住嘴，在厂里任你调遣，麻烦你跟董事长说一声，这事我们私了。"

说罢，李玉梅郑重地向刘光明鞠了一躬。

刘光明被这一鞠躬吓了一跳，听完李玉梅的话，他有点诧异，紧接着是得意。他摆了摆手，说："哎呀，也不是我非要追究，你们这行为给我家孩子造成了很大的心理阴影，现在她都不敢去厂里洗澡了。"

李玉梅说："以后我给她洗。"

刘光明说："这不是洗澡的问题，她需要的是心理疏导。不过我会开导她，至于这事嘛，我原本也不想追责。大家都是一个班子的，低头不见抬头见，你老公又是厂里的烈士，我们理当照顾遗孀。好啦好啦，这事过去了，大家各退一步，中间就是一条光明大道。"

李玉梅又三鞠躬，把刘光明鞠得有些说不上来的不自在。"那好，我也不知道给你送什么。专门给你挑了一对鞋子，你看看合不合脚。"

刘光明老婆坐正了姿势，头一回见别的女人给自己老公送鞋的。

李玉梅打开鞋盒，拎出两只鞋。

刘光明拿到手里掂量两下，问："这鞋上怎么还有一朵莲花？"

李玉梅嬉皮笑脸地解释："这叫脚踩莲花上西天。噢不，讲错了，叫脚踩莲花，平步青云。"

刘光明又看了看，总觉得哪里不对劲。"怎么一只有莲花、一只没有？"

李玉梅接着解释："哎呀，这就是让你一只脚踩在地上，不忘本，一只脚蹿上天，步步高升。"

刘光明老婆也凑上来看。她问："这鞋怎么那么像李建明他阿太穿的那双？"

"哪个阿太？"刘光明问。

"就上礼拜死的那个。"

"…………"

"我不打扰了刘组长，先告辞了。"

李玉梅赶紧撤退，走出刘光明家门没几步，就看见了蹲守在门口的沈沁雯。沈沁雯以一种凌厉的眼神看着自己的母亲，对视几秒后，她从地上捡起一块石头，朝着母亲的脚跟扔了过去，随后转身往回走。

李玉梅急忙跟了上去。"你小崽子跟踪我啊？"

"路是你家开的，我不能走吗？"

“又闹什么邪脾气？”

“是是是，每次都是我闹脾气，你一点问题都没有。”

“你讲你有什么想法，我们今天摊开来讲。”

“我能有什么想法，我就是觉得恶心。”

李玉梅拦在女儿前面。“你崽子再说一遍，恶心什么了？”

“你恶心。”

“你要吃巴掌是吧，能这么说你娘？”李玉梅把手举在半空，沈沁雯丝毫没颤。

“我宁可让你打死，也不想丢脸丢死。”沈沁雯反斥道。

沈沁雯小步跑走，李玉梅追在她身后。两人隔着一段距离，时远时近，李玉梅嘴里骂骂咧咧，当女儿放慢速度时，她又不敢靠近了。女儿的一声“恶心”犹如在她的心口上挖了一勺。

痛。她头一回从女儿身上感到如此疼痛。她以为自己这一次弯下膝盖，能换来生活的安宁，却不知在母女隔海相望的心中卷起了一阵风暴。人究竟是应该去说服别人信服自己，还是去改变自我顺应他人，影响这种平衡度的是尊严的落脚处。尊严有时候像脸上的泥巴，一场雨就能冲走，有时又像是背脊里的椎骨，与血肉粘在一起，不可分离。它不是人的理性、良知，或是正义，它仅关乎人处于什么样的立场。

沈沁雯一个人走开，也不知道走去哪儿。她摘下助听器，声音变小了，往来的人讲着唇语，犹如在一场默片电影里表演。有的人演警察，有的人演罪犯，有的人演家长，为何她偏偏演的是女儿？她太熟悉这里的一切，即便听不清什么，她也深知周围的一切总是在重复着某些事情，重复说着某些言语，好像生活就是一盏跑马灯，人人都是灯上的一格纸片，消失又再出现。

她很想冲出这盏灯，逃离这样的生活，在一个只属于自己的世界里放肆一回。

她从前总是对母亲的言行感到腻烦，遂产生逆反心理。她认为母亲总是那样一张脸谱，扯着嗓门，张牙舞爪，唯我独尊，在她自己的生活中过足了戏瘾。她生活的逻辑就是没有逻辑，全凭情绪，不走剧本，一个四十岁的女人永远活得任性，不向任何人屈服。如今，她终于看到母亲屈服了。向刘光明屈服，向谎言屈服，又或是向人情世故屈服。

她厌恶母亲的强势，又憎恨她的屈服。而原本顺从一切的自己，在此时不愿再屈服了。

母女俩的灵魂仿佛就在此时对调了。

7. 母女间的战争

沈沁雯不再出门，也不去上学，整个人比霜打的茄子还蔫，又跟抽了福寿膏似的躺在床上，双目无神，精神去了某个未知宇宙。

章小帆代表同学前来慰问，班级里出资买了一堆零食。她拿出一颗西瓜泡泡糖，含在嘴里，在沈沁雯面前演了一个吹泡泡，啪的一下沾了一鼻子。沈沁雯无动于衷。她给沈沁雯嘴里也塞了一颗，就跟武侠剧里给身受重伤的壮士喂下一颗灵丹。

章小帆告诉她，你的处分已经撤销了，冤案已经平反，可以回到大集体了。我爷爷当年下放到陕北，一平反，马上又回来报效祖国。沈沁雯就把西瓜糖含在嘴里，嚼都没嚼一口。她也听不清章小帆在说什么，只是稍稍看了她一眼，又翻了个身，姿势就跟慈禧太后在颐和园午睡似的。

章小帆把沈沁雯的情况汇报给杨老师，她形容沈沁雯的样子就像中了五毒神掌，经脉尽断了。杨老师听了也急了，放学后亲自前来探望沈沁雯，还不忘带了一套试卷。她刚走到门口，李玉梅一把扫帚就朝她飞了过去。

“换我们那个年代，你早被我们绑起来吊树上了。”李玉梅追着骂了两句。

一群人围在李玉梅家门口看热闹，杨老师被批得面红耳赤，悻悻然走了。

李玉梅把门关上，走上楼，坐在女儿床前，用手背贴了贴女儿的额头，又用手指去探了探她鼻腔。还有气。

“你要有气就撒出来，人活下来就是靠一口气，没了这口气，就跟死人一样了。”李玉梅说。

沈沁雯不应。

“到底怎么了嘛！不要再拎不清了。”李玉梅又摇了摇沈沁雯。

沈沁雯软趴趴的，比刚打出来的年糕还软。

“妈错了嘛，你说，要怎么办？以后家里都听你的行不行？存折给你，你爸的五千块钱抚恤金都在里头，你爱怎么花怎么花。”

沈沁雯把被子盖过头。

“你包得那么牢干什么，要去火葬场啦？”李玉梅踹了她一脚，走下楼。门一开，转头去了莲友寿品店，找徐天师帮忙。

“徐天师，我女儿这个情况该怎么办？”

徐天师躺在摇椅上，手里拿着一把纸扇，眼皮下垂，睑裂的形态如太极中间的圆弧。她停下摇椅，把扇子往手心一打，收紧，指着李玉梅说：“你女儿是失魂了。”

“怎么突然就失魂了？”

“人哪，意志力一旦弱下来，就会让那些小鬼上身。我有天眼，看得清清爽爽，太多的游魂想要借尸还魂，雯雯的身子多半是被占喽。”

说到这儿，李玉梅急疯了。本来以为是个治精神的问题，现在变成了一个赶冤鬼的问题。“那怎么办？徐天师，你有啥办法吗?”

“办法自然是有的，我都三花聚顶、五气朝元了，还治不了这小鬼。”说罢，徐老太从家里倒扣的一口铁锅上扒下一块灰，放在碗里，倒了点清水，用手指搅拌一下，接着点着一张符，念了段经，在碗口上转了三圈，也放水里，湮灭。她把这碗驱鬼水递给李玉梅，说：“玉梅，给你女儿吃下，之后再把碗打碎，越碎越好。”

李玉梅接过这碗开了光的水，瞧了一眼，说：“管用吗?”

“你记住我教你的咒——”徐天师把鼻腔和口腔通了下气，咳出一口老痰，接着喃喃念道，“昊天玉皇大帝玉尊，一断天瘟路、二断地瘟门、三断人有路、四断鬼无门、五断瘟路、六断阴兵路、七断邪师路、八断灾瘟五庙神、九断巫师邪教路、十断吾师有路行。自从师父断过后，人来有路，一切邪师邪法鬼无门，若有青脸红面人来使法，踏在天罗地网不容情，谨请南斗六星、北斗七星，吾奉太上老君急急如律令。”

李玉梅作揖，谢过徐天师。看徐天师侧过身去，她从口袋里掏出一张钞票往功德箱塞，一看是十块，又塞回口袋，摸出一张五块的，折一下塞进去。

“徐天师，钞票放里头了。”李玉梅端着碗离开。

徐天师背着她，摆了摆手。她后脑有只天眼，钞票放了多少她看得清爽，摇摇头，抱怨道：“五块五块，我这只碗都要七块，还亏了两块。”

李玉梅回家后把女儿拉起来，靠在她肩上，一只手把女儿的嘴唇扒开，准备念咒。徐天师教的咒语太长，她记不牢，就稀里糊涂喊了几句：玉皇大帝、释迦牟尼、观音菩萨、地藏王、太上老君、耶稣保佑……急急如律令。她把佛家、道家、天庭、地府、基督教，古今中外的一堆有头有脸的神都请在一起，这法力就是再厉害的妖魔听了也得撒丫子跑。

沈沁雯眼睛突然由白转黑，大喊一声：“妈，你脑西搭牢啦?”

“哎，讲话了讲话了。”李玉梅喜出望外，“快快快，吃下去，急急如律令，急急如律令——”

沈沁雯把碗一推，从床上爬起来，披上外套，穿着拖鞋逃出家门。

李玉梅尾随女儿来到面馆。沈沁雯饿极了，问交关好要了碗面。“记我妈账上。”

李玉梅坐到一边，也要了一碗，说：“给她碗里加个蛋。”

交关好煮完面，捞起，再敲开一个蛋，是个双黄，两颗蛋黄滑溜溜地摔进锅里，碰了一下，在油锅里嗞嗞几声后粘在一起。

上了面。李玉梅指着沈沁雯碗里的双黄蛋说：“你看，这个小的黄是你，这个大的黄是你姆妈，我们分不开的嘛。”

沈沁雯没有被李玉梅的俏皮话打动，她用筷子将双黄蛋夹成两半，把另一个黄夹到李玉梅碗里。李玉梅又把蛋夹过去，沈沁雯又夹过来。于是，两双筷子就在空中打起架，啪啪啪——一只苍蝇也不敢飞过去。最终以李玉梅的筷子啪嗒掉在地上结束比试。

李玉梅捡起筷子，往胳肢窝一塞、一夹、一擦，她讨好道："你筷功比我好。赶紧吃完，带你去洗澡，你看你躺了三天了，都臭煞了。"

沈沁雯说："我又不是死尸，哪那么容易臭。"

"呸呸呸，乱逮鸭毛，要死也是我先死，我多大年纪了，半个身子都埋在土里了。"李玉梅夹了两筷子面到女儿碗里。

"现在已经不能土葬了。"沈沁雯说。

"那我就是半摞灰扬了。"

"如果你死了，我会把你种到山里的一棵树下。"

"怎么不把我跟你爸葬在一起？"

"他活着的时候已经被你欺负成这个样，死了你就让他安静点吧。"

"吃你的面，记得把作业补上。"

"我不去上学了。"沈沁雯强调。

"怎么？你想当文盲啊？当时我要是能继续上学，现在怎么说也是个大官，哪轮得到刘光明来欺负我们？"

"吃你的面吧，别讲这些了，吃完回家把衣服洗了。"

"好，今天你当家，你说了算，上辈子欠你的。"

李玉梅不敢多说什么，她从未主动讨好过女儿，女儿的眉宇间锁着一股怨气，这怨气不消失，她就不敢戗女儿一句。都说孩子到了青春期，人就会变个样，原来为人父母也会变。这种变化好像是一夜间发生的，她还没作好准备。她不认为女儿不去上学是一个深思熟虑的行为，更像是一种要挟，怎么让当妈的不舒服，她就怎么来。这种母女之间的博弈很难分出胜负，她怎么也弄不清楚女儿究竟想要一个什么样的回答，或是想让她受到什么惩罚。

母女俩僵持了几天。后来，沈沁雯做出“让步”，要求与李玉梅达成一个协议。总而言之就是，沈沁雯做什么事李玉梅无权干涉，大到她的上学权，小到遥控器使用权。李玉梅怕女儿又用绝食的行为进行要挟，她索性破罐破摔，“签了字”。她提醒女儿，这次权力的交接只是暂时性的，千万别顺着杆子往上爬。爬得越高，跌下来越惨。

沈沁雯则认为这次谈判的根本目的就是为了给自己争取自由，是一次家庭革命，目前已初见成效。

初尝革命果实的沈沁雯开始实现自己的人生愿景。她去阿忠理发店染了一头棕色的头发，用烧红的铁钳把头发烫卷，又坐车去商业城买了一条黑色的皮裤。然后跟隔壁班一个辍学的男生黄毛约了去台球厅学台球，打完台球两人又一块儿坐车去网吧上网。她决定在网上寻个男朋友，得像林志颖一样帅。晚上回家了，就打开点歌台，调高音量，也不管李玉梅第二天还要不要上工，听到凌晨两点半。

接下去一礼拜，她一直在重复这样的活动，认识了不少“道上”的朋友，出手也阔绰，送哥们儿几瓶汽水就让她有了一定声望。在学校门口碰到刘燕也不慌了，身后的黄毛拿着一把瑞士军刀在手里玩了一段花活儿。黄毛虽瘦得跟排骨一样，眼神却蛮有杀气，他看着放学后成群从校门出来的学生，便问沈沁雯：“你哪个看不惯，我去给她放点血。”

沈沁雯挥挥手，表示大可不必。随后，她坐着黄毛的摩托车离开，在一阵引擎的轰鸣声中，她长出了一对翅膀，在铺着青石砖的巷道里飞起来。

交关好每次见到沈沁雯坐着摩托车从他的面摊前面穿梭而过，他桌子上的面碗都要丁零当啷响两声。他不禁发出一声感叹：“倒灶啊，怎么比她妈还厉害了。”

李玉梅后悔了，她认为自己太草率与女儿订下荒唐的协议，她从前并没有好好管教或者训导女儿，究其原因，是女儿不需要管教和训导，如今女儿浑身上下、从内到外没有一块地方不欠收拾。整日跟黄毛混在一起，出入台球室、网吧、游戏厅，人员鱼龙混杂，就怕哪天跟电视里一样，被人捅几刀就安分了。

李玉梅做了一桌菜，准备心平气和地跟女儿谈谈。女儿回家后，带了黄毛还有其他几个伙伴旁听，都是不念书的，一个个染了头发，走进来百花齐放。沈沁雯请朋友们落座，给一人开了一瓶啤酒，又招呼李玉梅多烧两个菜。

李玉梅悻悻然走向灶台，黄毛对着她喊道：“再弄个啤酒鸭。”

李玉梅转过身，冲过来，指着桌上的麻油鸭说：“这不是有鸭吗?”

沈沁雯指正:“妈,这是麻油鸭,不是啤酒鸭。”

“不都是鸭吗?”李玉梅瞪了黄毛一眼,讽刺道,“这里鸭还不够吗?”

“阿姨,你这什么意思?你要是不欢迎我们,我们走就是了。我们也是雯雯请来的客人,能不能对我们客气点?”黄毛把一只脚搁在了板凳上。

其他人应和:“是啊是啊。”

沈沁雯说:“人是我叫来的,你今天要跟我谈判,他们会帮我一起出主意。我们就秉着公平公正的态度,今天再补充一些条件就是了。”

李玉梅把板凳往后一搬,把自己的屁股按在板凳上,抢过黄毛手里的啤酒,咚咚咚自己灌了两口。“第一,你要去读书,作业、试卷一样不能少。你要是不上学就不要进这个家门。第二,晚上不许出去瞎混,网吧、台球厅、游戏厅都不准去,这是为你的人身安全考虑。第三,晚上九点前必须回家,不准在我睡觉的时候听歌。第四,这些黄毛、绿毛、白毛、鸡毛、鸭毛,不准带进来。今天这顿饭我请,就当是你们的散伙饭。”

黄毛啪地拍了下桌子。“我反对——”

李玉梅:“反对无效。”

沈沁雯:“那我反对。”

李玉梅:“反对也无效。”

黄毛说："雯雯，你妈也太霸道了，你跟我们走，我们去弹簧厂打工。"

李玉梅："你们弹簧厂能赚几块钞票？"

黄毛说："我二舅是弹簧厂的领导。"

李玉梅："你二舅不是个瘸脚佬吗？"

黄毛指了指李玉梅，愤怒道："你调查我？"

李玉梅："我跟你们讲，你们一个个姓甚名谁、住哪里、爹妈干什么、祖宗十八代，我早就查得底朝天了。不要以为我什么都不晓得，要是我女儿有个三长两短，我把你们祖坟都扒了。"

沈沁雯鼓着脸，低下头，沉思了一会儿，一桌子人都在等她的态度，是认祖归宗还是自立门户，就等她一句话。只见她拿起一只麻油鸭鸭腿，啃了一口，讲道："这是我吃你的最后一口，我们走——"

于是，一伙人从饭桌离开。

李玉梅血压一下子冲到天灵盖，一阵眩晕，眼睛都看不清了。等她平缓下来，女儿已经离开家门。她出门去追，全身的骨头好似在皮囊中晃动，一不小心撞倒了阿忠理发店门口的煤炉。一锅琥珀色的猪脚打翻，几块亮橘色蹿着蓝色火焰的蜂窝煤滚落在地。

阿忠顾不得给客人剪头发，出来查看李玉梅的伤势，众多邻里也围了上来。他们第一次围观曾经威风八面的李玉梅变得如此狼狈不堪，像条丧家犬，连许多曾厌恶她的人都不由得露出一丝同情。女儿学坏了，用当地话就是当了"破脚骨"，从此路就走不正了。

阿忠让儿子小毛拿来一包从萧山带来的冰糖，原本是拿来炖猪脚的，他拿出一颗冰糖给李玉梅。李玉梅伸手去接，没接稳，糖掉到了地上，沾满灰。她把冰糖捡了起来，往嘴里含了两口，呸呸两下，又吃进嘴里，露出一个意味深长的笑容。

时代音像店门口开始放映电影，一众人搬着凳子等着电影开始。老板娘苏凤给电视连上 VCD，在槽口放进一张碟片，是香港导演吴宇森的《变脸》。她走到人群旁边，伫立着，恍惚中仿佛看见了自己的丈夫国根就坐在里面，听着电视里的枪声，激动得拍大腿。

那一瞬间，她的眼泪怎么也止不住了。从前她认为生活已经很糟糕，原来那糟糕的生活现在回忆起来却有种悲凉的幸福感。人用尽一切努力，不就是为了换取平凡的生活吗？

雷声响了，天公落雨了。苏凤和她老公赶紧把电视机和影碟机搬进店里。人们把凳子举过头顶，四散而去。

天马上黑了下来，一阵风吹过来，绕着李玉梅的身躯打了个回旋。

她清醒了，往回走，不再去寻女儿，哪怕女儿的尸体第二天漂在河里，她也不会去捞了。

走到巷子里，街坊们都在匆忙收拾门口的桌椅板凳和煤炉。嘉旺老板把小女儿横着搂到腰上，在石板路上跑。粮油店的老板见没生意了，就招呼外地女婿帮他把关板一块一块上到石槽里。

这些关板都是樟木做的，防腐蚀效果很好，每个雨天都会散出一股淡淡的味道。巷子里有一条小水渠，连着一户户人家，夏秋季节，人们穿着凉拖鞋，在进屋前就会把鞋底往水渠里泡一下。到落雨天，水渠里的水会涨起来。她记得女儿幼年孤僻，经常会折一只纸船，在落雨时把船放到水渠里，让水流带着纸船往前漂，她丈夫就撑着伞带着女儿跟着纸船往前走。她总是站在门口骂父女俩太爱嬉闹，弄一身湿。她从不晓得这只船究竟会在哪里停下来。

带着这个辽远的疑问，李玉梅推开家门，从墙上撕下一张日历，贴在桌子上折了一只小船，走到门口，把船放到水渠里。

水流有点急，沟渠里还长着一些过塘蛇，小船摇摇晃晃往前航行。她跟着纸船往前走，若是被缠住了，她就把船扶正，让它继续漂。她想知道船会漂到哪里。

突然，她的双腿没了力气，这样的症状已经不是一次两次，从未去看过医生。她弯下腰扶着膝盖，喘不上气，眼看船就要翻进一个水塘里。

一只手将纸船从水渠里拿了起来。

她抬起头，万三就站在晶都旅馆门口。

她走到万三身边，往旅馆里瞧了一眼。花姐叼着烟，还是穿着开衫，正跟几个客人搓麻将。花姐跟李玉梅挥了挥手，又盯牢自己的牌局。

李玉梅拍了拍袖口，问万三："你怎么还没走?"

万三点起一根烟，眉头往上一翘，檐下是一张雨帘。他朝着雨帘吐了一口烟雾，雨珠子无法将雾气打散，反倒让烟雾更加浓稠了。

万三说：“不走了，我留下了。”

李玉梅心里一喜。“你说真的啊？”

万三说：“别误会，不是因为你。花姐帮我找了份工作，就在学校当代课老师，给学生教体育，没编制的。”

李玉梅把头一拐。“谁误会了，你好歹是我们南塘人，落叶归根不挺好的嘛。花姐这人讲义气的，她给你办的事情肯定牢靠的。”

万三回头看了花姐一眼，花姐一个自摸，心花怒放，伸出手，搓搓手指，喊着给钱给钱。万三笑了笑，说：“是啊，她四通八达，财运亨通的嘛。”

李玉梅也笑了，她告诉万三：“我放过你了。我查到了，那些信是国根写的。”

万三先是诧异了一下，接着把二十年前的记忆又嚼了嚼，也想明白了。他说：“以前我跟国根玩得蛮好的，我的事他什么都知道。你记不记得有一回我们三个坐车去庙坞口看电影，他带了两个橘子，我是一口没吃到。他老早就看上你了。”

“看上我为什么不早说啊？”李玉梅的语气中带着一些怨恨。

“他的性格你又不是不知道，很软的，就偷偷藏牢呗。”

“哪个晓得他打什么算盘，还冒充你给我写信，写他个骨头鬼。”

“国根是个君子嘛，君子想成人之美。”万三脸都笑皱了。

“算他是个君子，但他被我骂成了孙子。”李玉梅说这话时，似乎是在埋怨自己。

万三把烟头塞进那只纸船，把火星捏碎，塞进口袋里。

万三说：“国根一定是幸福的。”

李玉梅：“你怎么晓得?”

万三说：“我跟他以前都穿过一双袜子的。等我有空儿吧，我去祭拜一下他，他在天有灵，肯定会保佑你们母女的。”

李玉梅没说什么，白蒙蒙的水汽已藏不住她脸上的忧悒。她想到二十年前，他们三个年轻人去庙坞口看《少林寺》，电影结束后也下了一场大雨。三人躲在一个猪圈门口，国根从兜里掏出一个橘子，双手递给自己。她剥开橘皮，吃了一口，蛮酸的。她闭上眼睛又嚼了两下，却嚼出了苦涩。

李玉梅无法理解自己对丈夫究竟是一种怎样的情感，谈不上爱，也谈不上恨，他们的婚姻就如早到的秋风吹熟的麦子。

两个时空的李玉梅，一同冲进了雨里。

8. 劳动是一种尊严

李玉梅恢复正常工作，晨间，她穿上蓝色的涤纶工作服，穿过窄巷，迈过反复修补还是坑洼不平的沥青路，走向那座日益雄伟的工厂。工人们从各自的住处慢慢集聚在一起，拥堵在门卫处签字打卡，签了字，等于把这一天卖给了工厂。进了厂，她就没了性别、没了年龄，可以有目的、有尊严地劳动。她认为自己是有非凡价值的，是一把神兵利器，是人中吕布、马中赤兔。她可以暂时失去女儿，但不能不进工厂。她从不认为自己受到了什么噬啮或剥削，相反，她认为自己是重回了“母亲”的子宫，心安理得地接受着它的哺育。

此时此刻，她是快乐的。

回到车间，她变了一张不同于往日的脸孔，不再吵吵嚷嚷了，以一种端正的姿态接受检阅。上叉车前，鸣一下笛，轻踩油门，将货叉降到底，缓缓前进，插入被压成正方体的废纸堆下，抬起货，倒车，转弯，一系列流程驾轻就熟。

刘光明手里拿着货物清单，站在前方，如交通警察摆动手势，指挥李玉梅的方向。按从前，李玉梅会朝着他喊，“给你娘让开，闭着眼睛我都能开出去。”又或者，“别挡道，我把你一起叉出去。”如今，她就跟孙猴子受了佛祖点拨，明智了，给足了刘光明面子，毕竟有背景的妖怪是打不得的。

她往前挂了一挡，加快速度，倏地，她感觉手臂没力气了，手指也动不得，好似有一根筋被抽走。叉车径直冲向刘光明，李玉梅没喊没叫，也摆不出任何手势，任由这台不受自己控制的机器轰轰轰往前。刘光明察觉不对劲，在叉车快撞上自己那一刻，他跟《英雄本色》里的周润发似的，往旁边一个飞扑，在地上滚了两圈，躲过了这次“谋杀”。

叉车还在前进，李玉梅没选择跳车，而是跟着叉车一起撞到了车间外的一棵老榆树上。整个胸腔重重地磕到方向盘上，几乎将榆树拦腰撞断。

刘光明沾了一身灰，拍拍膝盖，气喘吁吁地跑过来，把手里的文件夹往地上一摔。“李玉梅，你想杀我啊——”

李玉梅满脸惶惑，她又使了使力，手臂完全抬不起来了。

刘光明从气愤转为担忧，连忙踩上脚踏，检查李玉梅的伤势。“李玉梅，你怎么啦？”

“没事没事，失误了。”

“没道理，你是个老革命，不会失误。是不是车子的问题？”

“不是，是我的问题。”

“身体不舒服？走，去医务室看看。”

刘光明把李玉梅从叉车上搀下，接着跑回去把清单捡起来，交给徒弟小赵，叮嘱他抓紧完成任务，晚上就要炼纸浆。随后，他搀着李玉梅去了厂里的医务室。卫生员给李玉梅检查一番，没发现什么毛病，猜测是饭没吃饱，低血糖。刘光明说，我中午还看见她吃了两大碗米饭。卫生员说，那我就不晓得了，去医院看看吧。刘光明想了想，决定带李玉梅去市中心的人民医院。李玉梅推辞，表示自己去就行，顶多配两盒药，白开水加点盐，灌两口就好了。她让刘光明千万把要紧事办好，办不好他头上的乌纱帽不保。

刘光明执意把李玉梅送到厂门口，阳光刺眼，他盯着李玉梅几乎要消融在日光中的背影喊道："李玉梅，你最近表现很好，下个月的先进标兵，我给你记一票。"

李玉梅赧然一笑，回道："送你的那双鞋合脚吗？"

刘光明抬起一只脚，摆出一个踢毽子的动作，啪啪用手拍了两下。"合脚，都要平步青云了，能不合脚吗？"

两人都笑了。

李玉梅去了医院，挂了神经科，取了号，排了两小时队。坐诊的是一个三十来岁的神经科专家——陈广生，也是南塘出来的，家里开粮油店的，条件好，读书用功，考上了医科大学，马上要评上科室主任，可谓青年才俊，光耀门楣。门打开后，一对小夫妻从诊断室里吵吵嚷嚷出来。李玉梅一进门，看到陈广生，吃了一惊，随后喊了一声："阿雕——"

陈广生"哎呀"一声，用手势压制对方的声音。"别喊绰号，这里是医院。”

见到熟人，李玉梅紧张的情绪稍微平复一些。“阿雕，好久没看到你了，现在出息了，搬到市里头了。你记不记得你小时候在弄堂里光着屁股在井口撒尿，我说你再撒，就把你的小‘麻雕’剪下来，个么大家都喊你阿雕了。”

陈广生整了整自己的白大褂，立好形象。“好了好了，李玉梅女士，这里是医院，请严肃一点。”

“你还记不记得我们以前一起在田里割草，你不好好割，就晓得跑，结果掉进粪坑里了，还是我把你捞起来的。”李玉梅继续忆往昔。

陈广生双手交叉，支在桌上，合着嘴唇，唇角微微上扬，尽量克制自己腻烦的情绪。他用方言说道：“个么我谢谢你的救命之恩喽——”

李玉梅被这种口气淹入一盆冷水里，她冷静下来。“好了好了，陈医生，我晓得了，我们不走一条路了，不给你讲这些了。”

陈医生问李玉梅什么症状。

李玉梅说：“有时候会头晕，但次数很少，主要是经常使不上力气，就是手指头都使不出力，拳头握不紧。走路感觉腿软，经常把路走歪了，身体上的肉一颤一颤的。”

陈医生又问：“这样的症状持续多久了？”

李玉梅答：“半年左右。”

陈医生又问：“你有其他病史吗？或者家族遗传病。”

李玉梅答："我除了感冒发烧，没什么毛病。"

陈医生问："你现在从事什么工作的？工作劳累吗？"

李玉梅答："我就是开叉车的，厂里任务紧就累点。"

陈医生让李玉梅把手给他，他按了按李玉梅的虎口，问她是否有疼痛感。李玉梅说没有，现在好多了，之前在厂里连方向盘都握不紧，差点撞死一个人，还好有棵树把叉车拦住了，否则自己就撞扁了。

陈医生思索片刻，说："你先去验一下血液，再去做个肌电图，核磁共振。"随后他写了一张长长的单子，让李玉梅按照单子上的类目去做。

李玉梅看了眼单子，密密麻麻一串，她说："你查不出来吗？给我配点治神经痛的药就行，吃安乃近行吗？"

陈医生口气严厉："我要是这么看病，早就不做医生了。别讲废话，赶紧去好好查查。"

李玉梅怏怏地扶着膝盖站起，刚要开门，又回头问："陈医生，我没问题吧？"

"有没有问题，等检测报告出来再说——"面对李玉梅的聒噪，陈广生用指关节敲了敲桌子。

李玉梅出了门，在走廊上来回走了几趟，方才吵架的那对夫妻正站在等候区僵持着。女的掩面哭泣，男的站在吊扇前，撩起那件沾满油污的背心在肚皮上上下扇动，脚步则跟着风扇的左右摇头而呈规律性地走动。空气里到处都是消毒水的味儿。

李玉梅心里发怵，她随后拉住一个端着治疗盘匆匆忙忙的小护士，问她单子上做检查的科室位置。小护士忙着给病人换药，就指了一个抽血的位置，另说，抽完血问那边的人就行。

李玉梅去抽了血，血液报告要两小时后出来，接着去做了核磁共振和肌电图。做完后，她走出医院大门，买了两个素包子，边啃边跑回医院，坐在等候室，翻开手机盖，打起贪吃蛇。她玩贪吃蛇技术不错，以前跟丈夫吵架睡不着觉，就玩这个消解情绪。眼看蛇身越来越长，突然，她的大拇指使不出力，蛇咬到了自己的尾巴。

她气得把手机盖上，又用左手捶了右手两下。

下午三点，检测报告出来了，她拿着报告去找陈广生。陈广生看了眼核磁共振图，排除了脊髓病变的可能。又看了血检，白细胞增多，血小板有点低，甲状腺功能正常。当看到肌电图，陈广生皱起眉头，对着第一骨间肌、胫前肌、胸段椎旁肌上的波线图看了很久。

“怎么啦？陈医生。”李玉梅往前挪了挪凳子，凑近看，单子上是一堆密密麻麻的波伏线和数值。

“现在不早了，你明天再来，去做个脑脊液检查。”陈广生阴着脸，李玉梅的检测报告宛如一根燃烧的蜡烛立在他蜡像般的脸孔前，产生了一种热熔反应。

李玉梅注意到陈广生的脸色，她急躁起来。“这么多检查还不够吗？搞得我得了绝症一样。你赶紧给我配点药，最近厂里任务多，我下个月还要评先进标兵呢。”

陈广生一改先前的戾气，口气变得柔软起来。“你先坐下嘛。”

李玉梅又坐下，腿上的肌肉不自觉地颤动起来。

“我跟你说啊，你先别急着工作，你现在贸然去上班很可能会加重你的病情。”陈广生试图安抚李玉梅不安的情绪。

“我有什么病？我一身劳碌病。”

陈广生把检测报告往李玉梅面前一推，把食指屈成一个小锤子，在报告单上“咚咚”敲了两下。“我初步看了下，你可能患有运动元神经疾病，这个我们还需要做进一步检测，再确认一下。”

“什么运动员神经病？”

陈广生解释道：“你常间歇性感觉到肢体无力、肌束颤动，这是运动元神经疾病的前期表现。你再看你的肌电图，主要表现为静息状态存在肌束颤动、自发性失神经支配放电。小力收缩可见运动单位时限增宽，多相波增多。大力收缩可见募集相减少，呈单纯相。肌电图结论是广泛神经源性损害。”

李玉梅还是没听懂，就问：“这究竟是个什么病？”

陈广生说：“大概率是肌萎缩性侧索硬化。”

李玉梅一把夺过单子。“什么运动员、什么厕所的？我以前看赤脚医生，人家都把我的病讲得明明白白。你穿着皮鞋，披着大褂，连话都讲不明白。我不看了。”

陈广生连忙站起来去拉李玉梅。“你别闹情绪嘛！这里是医院。”

“医院怎么啦？你当医生又怎么啦？我就是躺在太平间里，你也得让我死个明白啊！”

“我说了，明天再来进一步检查。”

“你查半天查不出来，你医学生白读的啊？你家里把你培养出来容不容易？我们这帮底层工人容不容易？明朝我不用上班啊，我女儿你养还是你们单位养？”

“我能理解你的心情，一般这种病出现的概率是十万分之一，我也极少碰到。”

“你就说给不给我开药？”

“我今天没办法给你开药，不是什么病都能用药解决。”陈广生的声音也不自觉响亮起来，这个患者已经无法用正常的音量跟她交谈。

“这么说，我得了绝症，就活该等死了是吗？”

“不是这个意思，有病我们就积极治疗。”陈广生指了指诊断室墙上的锦旗，说，“你看，我们科室还是有很多荣誉的，我们肯定会尽全力帮助患者。”

李玉梅看了眼那面红色的写着“良医济世，仁心仁德”的锦旗，情绪稍微平复了些。她想，这就跟厂里的先进标兵含义是一样的。下个月她就是先进标兵了，先进标兵总是有能力有办法的。

李玉梅准备走，撂下话。“我明天不能来查，到下个月十号之前，我不能缺勤一天，不然我就评不上先进标兵了。”

这几天李玉梅一直在想先进标兵的事，她从前不在乎这个，可这一次，她下定决心要拿先进标兵。她不想给女儿丢脸，让女儿觉得自己在厂里就是个破坏分子。她开叉车的技术很好，效率也高，领导早该意识到她是个人才，不能因为生了一点病就耽搁了车间的任务。董事长讲了，进了车间就是上了战场，要绝对忠诚，绝对服从，不能当逃兵。当上了先进标兵，下一次就该当小组长，当了小组长就要当车间主任了，当了车间主任就要当总经理。女人也要有野心，要当杨门女将，巾帼不让须眉，要做红色娘子军，顶住革命的半边天！她这就赶紧回去，把今天缺了的工时补上。

陈广生没见过脾气这么犟的患者，又担心把病情说重了，患者承受不住，毕竟以前一条弄堂里出来的。在李玉梅离开前，他吩咐道："这半个月不要从事重度体力活动，多观察自己的症状，发现有什么不对，赶紧来医院。"

"晓得了，晓得了——"

从第一次走进科室到离开，广生看到这个曾经的小阿姐已经没了那种锐利的气质，谁进了医院都得被刨刀一层层刨除那顽固的木屑。巷子里都说她是个"地菩萨"，不能招惹，进了这扇门，她也是凡人，那种虹膜微张又急速聚拢的惊慌，是怎么都藏不住的。

李玉梅走出科室，踱到走廊尽头，陈广生追了上来，说起方言。"玉梅阿姐，我这条命是你从茅坑里捡出来的，我欠你的，我会帮你，你不要担心。"

“晓得了，阿雕。”李玉梅笑了一下，走了。

李玉梅把诊断书对折了四次，折成了一块方片，放进工作服的口袋里。随后，她离开医院，直奔厂区车间。

刘光明见到李玉梅，问她什么情况。她说就是低血糖，饭没吃饱，建议食堂多加点荤菜。“行吧，我算你工伤，不扣你绩效。”刘光明朝她摆了摆手。李玉梅又坐上叉车，起初犹豫了一下，当双手握住方向盘后，这一回手劲来了，心里踏实了。挂挡，倒车，将一堆废纸铲起，运往纸浆间。

下班已是晚上八点，李玉梅推开门，上楼，发现女儿收走了自己的几件衣物和一床被子。她藏在枕套里的“万三”的信，散在床上。床头柜上摆着一张纸条，上面写着：我走了。勿念。

李玉梅心口也憋着一口气，她一边把信摞起来，一边嘀咕：“你可以离了我，我也能离了你，谁离了谁都能活下去。”她把女儿的床垫卷了起来，收到了一口木箱子里。随后她下楼，烧开锅里的水，拿出一筒挂面，把挂面抽出两截，下了面，再把昨天吃剩下的半碗咸菜炒笋放入锅里，掺了半勺猪油，不放一勺盐。捞起后，她把面端到八仙桌上，坐下，刚拿起筷子，手指头又不灵活了，看自己连两根筷子都拿不稳，她气得把筷子往桌上一敲，端起面碗，喝了两口汤。

她关上门，去了嘉旺副食品店，买了半斤剥壳花生，一只手提着袋子，一只手抓着吃。走到裁缝店去找阿玉，裁缝店门关着，隔壁交关好说，阿玉被老章打了。李玉梅问什么原因。交关好说，两夫妻过性生活，老章问阿玉有没有被那烧鹅铺的老赵睡过，阿玉说有，被睡了好几次。老章隔天就去找老赵算账，两人闹到派出所去了。李玉梅说，阿玉看着不像是会偷鸡摸狗的人呀？而且她脑西搭牢啦，这种事也跟章大明说？交关好咂了下嘴巴，啊呀，老章硬不起来呀，床上就想听阿玉被别人搞，才能硬起来，阿玉就迎合他喽。李玉梅说，那就是做做戏啊，夫妻情趣，床上谁不是像狗一样搞？交关好说，阿玉讲得太真了，老章当真了嘛。李玉梅说，你怎么知道得这么清？你做贼骨头，人家睡觉你躲在床底下听啊？交关好呸了一声，我外甥在派出所啊，他跟我讲的呀。李玉梅说，离了算了，床上又不行，又要打女人。阿玉每天踩洋车，哪有时间去搞。交关好说，是啊，我嘎潇洒阿玉都不看我一眼，怎么轮得到老赵那个娘批啊——

“你寻鬼去，下面让你老婆割掉。”李玉梅给了交关好一个白眼。

李玉梅随后又去了花姐的棋牌室，看他们搓麻将。花姐正在门口炖鸽子汤，万三叼着一根没点燃的烟站在一边。花姐把锅盖掀开，放了点党参，搅了搅，又把锅端起来，让万三拿着，她捡起地上的火钳，在蜂窝煤里捅了捅，夹出一个快燃尽的煤块，示意万三的下巴往前靠，接着用烧红的铁钳点红了万三嘴里的烟。

李玉梅见他们一副郎情妾意的样子，心里不是滋味，没打招呼就要走。

“怎么那么快走了，不进去打两圈？”花姐说，接着她从万三的口袋里掏出一盒烟，抽出一根，用烟头对着万三的烟头，轻吸两口，把火星子引到自己的烟上。

9. 万三与沈沁雯

万三入校的手续办得很顺利，没有编制，相当于代课老师，包午餐，每个月送十张洗澡券，工资由造纸厂出。他的入职手续也是在造纸厂的新办公楼里办的。得益于改革开放的浪潮，中国的市场经济越来越好，这十几年厂里的纸品也得到了市场认可，走出了浙江，销往了上海、湖北、广东、福建等地。厂里给学校新修了一片操场、一栋教学楼、一座图书馆、一间实验室、一间活动室，还引进了几位特级教师。老师、学生出游坐的大巴车也由厂里负责，大巴车每天开两趟，共七站路，这一带的工人或居民可以免费坐大巴去市区。学校的学生多为工人子女，董事长有远见，要为孩子们创造更好的学习条件。新办公楼已经高高立起，每一层都需要填满懂计算机、懂英语的人才，人才培养就得从孩子抓起。

刘光明现在是学校和工厂之间的传话人，他给万三讲了许多工厂对学校的资助案例，从幼儿园到初中，校服、伙食、教学用具也基本由厂里出资，但仅限于本地居民。外来务工者享受不到这些待遇，每学期得多交四百五十块钱借读费。外地人有不满，但不会发泄，有份工资保障比尊严重要。这社会本来就是不公平的，但不公平应是为了创造社会真正的公平。

讲着讲着，他们走到学校门口，刘光明指着校门口的雕塑说道，这座雕塑也是董事长设计的。雕塑大概三米高，是几个孩子手里拿着一本书，坐在一筒纸上。万三开了个玩笑，说这雕塑怎么感觉像在蹲厕所一样。刘光明赶紧搂住万三，让他小点声，指不定附近有董事长的眼线。万三觉得刘光明神经兮兮的，自从当上了车间主任，他总怀疑身边有人在窃听他。当时，门卫室旁只有一条躺在地上酣睡的田园狗，刘光明谨慎地把万三拉到另一边，也回敬了一个玩笑似的传闻。“我们董事长当年要拿一片地，跟另一个有头有脸的阔佬竞争，我就不说是谁了。后来那个人失踪了，警方都破不了案，我们就推测啊，他就被埋在这个雕像下面。”说到这，一只豆粉蝶飞到了那条狗的黑鼻子上，狗抽了两下脑袋，刘光明赶紧捂上自己的嘴。见狗又躺下睡觉，他才敢继续说：“别看董事长慈眉善目，他以前倒卖日本货，破彩电、破冰箱，还有一些早被淘汰的机床，一运到中国就能卖高价。往上面要打点，往下面要下黑手，黑白两道通吃，要不然怎么把这个厂办这么大。你说是不是？哪有什么白手起家。对了，他跟你爸以前不是兄弟吗？”

万三说：“别提我爸。时代就这样，没办法去细究，现在社会环境好了，他能造福一方也算赎罪。”

刘光明说：“是啊是啊，我二舅年轻时那条腿就是被董事长打断的，你看他现在不是照样对他摇尾巴？做吃饱饭的狗好过做饿肚子的人。”

“你舅人呢？”

“厂里管传达室呢，看门的，是个好差，一条腿换下半生的保障，值了呀。”

万三和刘光明走到教学楼的走廊处，教室里学生正在上课。万三问刘光明：“我的办公室在哪儿？”

刘光明说：“你坐不了办公室，你算校外聘请，不过那拐角有个体育器材室，你可以收拾收拾当你的办公室。”

刘光明领着万三来到体育器材室。器材室有点阴潮，铁架上摆着一堆羽毛球拍、篮球、实心球、滚铁圈、象棋……墙上贴着一张孙继海的海报。

刘光明说：“学校的另一个体育老师是孙继海球迷，他贴的。现在孙继海不是去踢英超了吗，从英甲到英超，这小子飞黄腾达了。”

“进几个球了？”

“曼城和伯明翰那场球没看吗？第一个进球，是个头球。”刘光明将海报皱起的部分拍直，回过头，“听说你以前是跳绳冠军？”

“对，算是冠军，老早的事。”万三掏出钱包，把剪下的那张报纸给刘光明看。

刘光明拿着报纸一角比对了一下万三的脸。“依我看，你可以在学校里组建一支跳绳队，再培养一个冠军，这可是大功一件。

董事长一高兴，你就能坐办公室了。”

“不敢妄想——”万三摆摆手。

“万三啊，你尽管去做，有什么要求你跟我讲，我帮你去厂里沟通。”

“好好好，我晓得了。”

“你待会儿跟我去食堂吃饭，这是饭票。”刘光明掏出一沓五颜六色的塑料票，票面上画着蔬菜和鱼肉。“拿这个给食堂，吃完了你找个地方休息一下。下午你要上一节课，我会过来陪，要跟厂里汇报的，表现好点。”

“哎，晓得了。谢谢刘主任。”

这一声“刘主任”叫得刘光明心花怒放。

万三的第一堂示范课教初三二班，四十个学生排成四排十列。学生们午休完无精打采，哈欠连天，体育委员及玄玄是个女生，皮肤黑黝黝的，身材细长，扎着马尾，她昂着头大声向万三汇报人数：今天应到人数四十一，实到人数四十。万三问谁没到，及玄玄说：沈沁雯，半个月没来上课了。刘光明在旁边提示，就是李玉梅的女儿，最近学坏了，跟小流氓混社会去了。

刘光明拍了拍手，向同学们介绍：“同学们，这位是新来的体育老师，以后他负责教你们体育课，他以前是跳绳冠军。”

及玄玄摆出一张臭脸。“刘叔叔，上一个老师你也说是足球冠军，你怎么请来这么多冠军的？”

同学们小声笑起来。

万三侧过头，问刘光明："刘主任，那个体育老师去哪儿了？"

刘光明小声回道："赌球，被抓进去了，输太多钱了，把学校实验室的那具骷髅标本都偷去卖了。"

万三问："追回来了吗？"

刘光明伸出两根手指："就追回两根肋骨。"

万三首次面对学生有点怯，十五六岁的孩子个个处在叛逆期，下面有揪女生头发的，有从校服里拿出一本漫画书看的，有把方便面捏碎放在口袋，时不时掏一把出来啃的，有用脚在地上画圈，看上去就像在破解费马大定理的。还有一个胖同学坐在地上，把校服盖在头上，称自己有高血压。

万三让及玄玄去器材室拿跳绳出来，给每人发了一根。他开始授课。"跳绳看上去很简单，其实门道很多，所谓大巧若拙。一个优秀的跳绳运动员，要有稳定的节奏、速度以及爆发力，因此需要通过不断地训练来培养良好的节奏感和反应能力。腿部和核心肌群的力量对于稳定跳绳姿势至关重要，因此需要进行相应的力量训练，包括踏步、深蹲、平板支撑等，还要通过拉伸和瑜伽等灵活性训练，提高身体柔韧性，减少受伤风险。当然心肺耐力训练也很重要，规律性地进行有氧运动，如慢跑、游泳等，以增强心肺功能和提高耐力。在技巧训练上，运动员需要学习并掌握各种基本技巧，如单脚跳、交叉跳、后仰跳等。逐渐增加难度和复杂性，提高技巧水平……"

刘光明朝万三竖了个拇指，专业。底下学生听得哈欠连天。

万三宣布："我打算响应学校和董事长的号召，在班级里组建一支跳绳队，我将在你们当中选几名有天赋的学生，进行重点培养。"

同学们没有吭声。一个学生拿出一个辣粉包，撕开小口，倒进自己校服的裤袋里，抓了两下，掏出一把干脆面往嘴里一送。坐在地上的小胖子站了起来，也用手去掏他裤袋。见万三没制止，其余同学也凑过来掏他的裤兜，直到一只白兜被翻到裤腿外。

万三等同学们的嘴巴不再发出咀嚼的声音，继续问："有谁自愿报名吗？可以跟我说，也可以跟你们的体育委员汇报。"

刘燕双手抱在胸口，仰着头，发出灵魂三问："老师，跳绳有什么好处？对学习有帮助吗？长大后能找到工作吗？"

刘光明对女儿使了个眼色，打出一个手势让她安分点。

万三走到刘燕面前，捏了捏刘燕的肩。"跳绳是一项高度冲击性运动，可以增加骨密度，预防骨质疏松症。"

刘燕说："那你应该去找我奶奶来跳。"

万三又说："不断提高跳绳技巧和挑战自己的能力，可以培养自信心和自我成就感。"

刘燕回："你就说能不能挣钱吧，我爸说你连办公室都没得坐。"

万三语噎。刘光明赶忙打圆场："坐办公室就一定好吗？红军长征爬雪山，过草地，飞夺泸定桥，哪个不是在野外作战？你们万老师跟教语文、数学、英语的老师没有区别，少年强则国强，身体素质是第一位。”

万三拍了拍手。“好好好，大家安静，先跟我一起慢跑两圈，做点热身运动，我们再跳。”

万三吹了吹脖子上的口哨，带学生跑起来。学生们一个个耸着肩，手臂像被挑了手筋似的，前后甩动。跑完后，他让学生们拿起自己的绳子先跳一分钟。学生们跳绳的姿势五花八门，有弓成一只虾的，有左右甩屁股的，有的索性把绳子绑成一个圈甩起来，学西部牛仔。他一不注意，一个男生用绳子勒住了另一个男生，俨然一个谋杀现场。

万三跟学生们磨到下课，学生作鸟兽散，他一个人把地上的绳子一根根捋直，挽在手上。刘光明陪同他一起走向器材室。他对自己今天的上课表现失望透顶，刘光明却说他是可塑之才。万三不懂刘光明演什么宫心计，在女儿面前说自己是个废物，在自己面前又说自己是个人才。

“你别担心，我会在报告里给你打优，马上给你安排录用通知书。”刘光明说。

“我觉得你还是给我下个病危通知书吧。”

“哎呀，都是孩子嘛！你要是心里过意不去，你每月在我这里押两百块，我保证你在学校能顺风顺水地教下去。”刘光明临走前特意叮嘱，“这事只能你知我知，不能有第三人知道。”

原来刘光明在打这个算盘！万三想想自己拮据的经济状况，又想起花姐像蛇一样蠕动的腰肢，同意了这笔交易。

“我可得跟你说清楚，万一你哪天不想干了，可不能过河拆桥，去举报我哦。”

“我懂我懂，人情世故，就是下了地府也得打点打点小鬼。”

刘光明感觉这话不对劲儿，又无从反驳。回家后，他又跟女儿刘燕达成第三方协议。每月给女儿五十块，让女儿别在万三课上捣乱，必要时须帮助万三进行维稳工作。刘燕又伸出两个手指头，要七十。

“你狮子大开口啊！”

“另外那二十，我不用打点我的小姐妹啊？”

“行——七十就七十。别让你妈知道，我身上的油水全让她榨干了。”

万三回到晶都旅馆，向花姐表示感谢。他打算在旅馆长住，每月给花姐六百住宿费。花姐说六百不够，得再加一盒玉溪。两人成交。万三问花姐是怎么帮他说通关系的，花姐说，刘光明来我这儿开过房间，我求他的事他总能答应。走关系不一定要靠礼，也可以用兵。万三觉得花姐不简单，小小一家旅馆被她开成了情报机构。花姐又说，人心是经不起窥视的，哪怕你只是怀疑它，它也会震得厉害。别看这里的人每天像蚂蚁一样忙忙碌碌，其实都是野蜂，谁脱了谁老婆衣服，有什么癖好，用了多少只套子，她一清二楚。有时候她走出门，看着巷子里来往的人，就像欣赏一幅文艺复兴时期的裸体画。

说到画，万三在南塘的小集市里买了一幅观音像，他决定整理下房间，把观音像挂在西面的墙上。花姐说她抄过一阵子佛经，她记得《金刚经》上有句话：若以色见我，以音声求我，是人行邪道，不能见如来。她问过一个读书人这句话什么意思，对方解释，妄想执着看到佛的样子、听到佛的声音，这是世人错误的法门，执着于外相，心外求法，是不能真正见到佛的。只有放下妄想执着，向内心求佛法，才能明心见性，终成正果。

“不过你想挂就挂吧，总比挂关之琳的泳装照要强，集市上到处都是这个。”花姐帮万三将观音画挂在墙上，两人拜了一拜，楼下有人喊她摆麻将。她准备下楼，没出房门，又回头问了一句：“你该不会是求姻缘吧？”她露出一个妖冶的笑容，把万三说得面红耳赤。

万三送走花姐。他听见鸟类的啁啾，遂推开窗，望着这条巷子的屋檐瓦舍，霞光穿过造纸厂上空四面八方的浓雾，给小巷披上一层金缕。巷子里的人宛如一尾尾鱼，在金色的河流中游荡。

在巷子的屋檐上，家家户户几乎都横着半截竹筒，竹节被片干净，雨水会顺着竹筒往下流，流到门前的陶缸里。这种默契的生活文化体现在南塘的方方面面。而在巷子外，是几幢新造的宿舍楼，那里住着天南海北的务工者和他们的子女。他们有自己的生活圈子，很少走进这条巷，尤其担心在方言上露怯。语言是一块与生俱来的胎记，有了相同的语言，才有了相同的文化。据说香港那边至今还保留着许多清朝的俚语，例如当警察，他们说“当差”，自道光年间签订《南京条约》把香港割让给了英国，香港被殖民了一百五十六年之久，但仍然保存了晚清语言的火种。

万三向远方望去，一条大江横亘南北，他记得去渡口需要走一道长长的台阶，台阶其中的一级是某位先祖的墓碑。曾经的渡口歇满了船，摇橹的人身上挂着汗巾，等待需要摆渡的客人。即便在阴雨天，江面雾气重重，他们也能像江里的鲢鱼，自由地漂过江面。

他记得他十来岁离开那年，坐在一辆晃晃悠悠的大巴上，大巴顺着一块下斜的铁皮艞板缓缓开上渡轮。渡轮四周坐满了挑着货物的“内客人”，筐子里有鸭蛋、鱼干、笋干，或是几只活蹦乱跳的鸡鸭，也有人挑着两担毛草纸去对岸卖，以赚取微薄的利润。他打开大巴的窗，那妇女戴着斗笠，顶着烈日在船上叫卖，不羞也不臊。

据说南塘在洋务运动时期就兴起过造纸厂，尤其是宣纸做得特别好，质地细腻，纹理清晰，每一批货上都会印上“南塘”二字。到民国政府时期，南塘的宣纸在江浙一带的机关单位和学校顶有格，蒋介石、张学良、冯玉祥都用过。南京沦陷后，日本人在搜剿材料时发现四处都是印着“南塘”二字的宣纸，战犯谷寿夫就派了一个考察团来南塘寻个究竟。

如今，江面架起了宏伟的大桥，车辆来往，整个城市建起了造纸厂，竖起烟囱，如一个个辐射点，以一种不可逆的力量改变了这座城市的面貌。摇橹的人不见了，叫货的人不见了，渡口不见了，或者他们只是变换了身份，用一种新的生命形态在这座城市生存。夫天地者万物之逆旅也，光阴者百代之过客也。总有一天，那些异乡人要在这儿扎根，繁衍，重塑一座城市的文化和面貌。

万三离开晶都旅馆，从“鱼群”中逆流而上，经过一条乌泱泱的河，来到工厂宿舍楼附近的一条小吃街。小吃街油烟四溅，食客油光满面。街道没有门面房，均是摊车，架着一个个煤气桶。摊车上贴着菜单，河南菜、江西菜、四川菜、东北菜都有，旁边摆着折叠桌椅，厨子都是厂里的工人，利用休息时间挣外快，一盘菜基本不超过八块。在造纸厂工作的本地人一周上六天班，都是白班，早上七点到下午六点，外来务工者几乎都是三班倒。万三走过一辆辆摊车，各摊主也不叫客，使劲颠两下勺子，让火蹿到锅里来，算是招呼过你了。

小吃街曾发生过几起斗殴事件，打完后也不报警，恩怨都私下解决。这里的头脑是一个叫彪哥的哈尔滨人，蹲过监狱，经过思想改造，成了这一带的和事佬，抑或武林盟主。谁家闹矛盾都找彪哥，他讲道理，懂是非，说话有条理，但凡有人要抄板凳，他都会脱下自己的背心，翻过手，指着背上那条长达三十厘米像蜈蚣一般的刀疤，现身说法。大致内容就是他年少轻狂，跟着江湖大哥称兄道弟，游走在松花江一带收保护费。这道疤是一个十六岁的孩子砍的，年轻人头脑容易发热，做事不顾后果，要是再往里面深一寸，他的尸体就被松花江的浪卷走了。江湖大哥一见血，人就跑了，还带走了他的女朋友。于是他明白了一个道理，江湖义气只会把你往火坑里推，人要像水一样合流，合作才能生财，世界都一体化了，不要成天想着分蛋糕，要一起把蛋糕做大。

如今，他从松花江游到了富春江，年纪到了四十，岁月让他改头换貌，从一个莽撞少年成了这一带的精神领袖。

万三坐到彪哥的摊位前，朝着摊车上的菜单看了眼，点了一份秋林红肠、一份拔丝地瓜。彪哥掏出两个地瓜，去皮，切成滚刀片，焯一下水，捞出来放淀粉，油锅里来回炸了两分钟，再熬了点糖浆，往地瓜上一浇。万三咬了一口，甜得粘牙，又要了一瓶啤酒。

一拨工人从市区的舞厅回宿舍，一下把附近的餐桌都占满了，操着各自的方言，宛若一个个帮派。凡经过彪哥摊位，大家都会喊声“彪哥”，或递根烟给他。彪哥面慈目善，用围兜擦下汗，把烟夹在招风耳上。打完几声招呼后，彪哥两耳都夹着烟，嘴里又叼着一根，颠勺时，一个小年轻主动给他点着，眼看烟灰聚成长长一截，他眼珠下垂了一下，霎时往后撤一步，甩一甩肥厚的嘴唇，把灰抖在地上。遇到刮风，灰又给吹到锅里，食客说不打紧，彪哥的烟灰吃不死人，能延年益寿。彪哥倒很有原则，会把菜倒在桶里重新炒一份，他还让他们别搞封建迷信。

万三吃着吃着，一个小黄毛在他对面坐了下来。“拼个桌不介意吧?”

“不介意。”他盯了眼前这个瘦成排骨的小黄毛一眼。

“彪哥，两碗粉条。”他举了举手，得到彪哥回应后，把别在牛仔裤上的随身听拿到桌子上，放起谢霆锋的《因为爱所以爱》，接着抽出两根筷子在桌子上敲节奏，晃着头，哼唱起来。

之后，沈沁雯从小卖部买了两瓶汽水走到黄毛边上，她这才发现万三也在这儿。“我们换一张桌。”她拉了拉黄毛。

“怎么啦?”黄毛问。

沈沁雯和万三对了一眼，对黄毛说：“他就是我跟你说的那个人，我爸就是他害死的。”

黄毛一听，放下筷子，喊了声“靠”，接着拿过汽水瓶，举到万三的面前。

万三满脸惶惑，自己怎么突然就变成了武侠片里的杀父仇人？周围的人探过脑袋，彪哥放下勺子，从摊位走出来。

万三问沈沁雯：“你怎么还没回家？你妈呢?”

沈沁雯没好气地说：“你不是我妈的相好吗？你自己不清楚吗？晚上没睡一起吗?”

“我什么时候成你妈的相好了?”

黄毛把汽水瓶往桌上咚地敲了一下，又举起。“少给我装，你这个鳖孙，拆散别人家庭，还有脸来这儿喝酒。”

彪哥走到餐桌前，在围兜上抹了抹手。“咋回事？黄毛，把瓶子放下，别冲动。”

黄毛说：“彪哥，这个人是个人渣，今天我得教训他一顿。”

万三仍摸不清情况。他问：“我什么时候拆散别人家庭了？我才刚回来没多久，而且我回来时，他爸已经走了。”

沈沁雯立刻夺过黄毛手里的瓶子，把瓶子在地下砸碎，举着尖玻璃对着万三。“要不是你，我爸不会死。你还我爸——”

彪哥赶紧握住她的手腕，把她控制住。见这形势，预感是一桩奇案，秉着他一贯在这里主持公道的作风，彪哥又按下万三翘起的肩膀，说道：“兄弟，头一回见你，看你的样子不像惹事的人。有什么误会，今天不妨在这里说清楚。黄毛是我小弟，要是有什么误解你的地方，我今天让他给你赔礼道歉。”

这时，后面有人喊了一声：“彪哥，你摊子着火了。”

彪哥回头一看，连忙跑回去关火，以迅疾之势解下围兜，把火扑灭。狼狈一阵后，他又走回方才的位置，继续进行调解工作。

万三向彪哥解释：“彪哥，误会。我是隔壁学校的老师，跟她妈妈是旧相识，她爸不知道你认不认识，曾经是我兄弟，我们快二十年没见面，没有逼死他爸这一说法。”

彪哥转过头问沈沁雯：“你的说法是什么？”

沈沁雯死盯着万三。“我妈的信我看了，这些年你一直给她写信，让她忘不了你。她不爱我爸，只想跟你走，她什么火气都撒到我爸身上，觉得我爸耽误了她，剥夺了她的幸福。我爸是掉进纸浆池里死的，可他有那么多年的工作经验，纸浆池里有毒气他会不知道？肯定是受你们影响了。”

万三摊了摊手。“这事情我早就跟你妈解释清楚了，那些信不是我写的。落款是我没错，但你妈已经还我清白了，是你爸冒着我的名写的。”

“你胡说——”沈沁雯情绪几近失控。

“没胡说，你去仔细对一下笔迹，要是我写的，我今天把彪哥的锅灰全吃下去。”

沈沁雯不依不饶。“就算不是你写的，那你也影响了我爸妈的感情，你就是个小三。”

彪哥说：“这话不能乱说，捉贼拿赃，捉奸捉双。正如这个哥们儿所言，他二十年没回来，这小三的帽子不能给他扣上。”

“我不管，黄毛，你给我打他。”沈沁雯下令。

黄毛得令，赶紧把腰带扣解开，抽出帆布腰带，在桌子上啪地抽了一下，把万三的拔丝地瓜给抽翻了。身后黄毛的几个小兄弟也围了上来，要帮黄毛的“女朋友”讨个公道。万三被一群人围住，大惑不解，怎么来吃个饭的工夫，自己就被下了江湖追杀令。他捏紧拳头，心想，这一仗在所难免，能放倒几个算几个。

彪哥迅疾走回摊位，抽出一把菜刀，咚地往菜板上砍了一刀，吼道：“你们谁敢动他？”

众人被震慑住，不敢轻举妄动。

彪哥发言：“他是我客人，在我的地盘吃饭，不偷不抢不犯事，你们要是想闹事，先问过我这把刀。”

小年轻们被彪哥喝住，纷纷退散，只有黄毛和沈沁雯立在原地，与万三形成对垒之势。彪哥走过来一把夺过黄毛的腰带，黑黝黝的大手掌在黄毛后脑勺拍了一下，命令道：“给我系上。”

黄毛不情愿地系上腰带，拉了拉沈沁雯的手，安慰道：“雯雯，我们走。下回我找人堵他，肯定帮你出这口气。”

“窝囊废——”沈沁雯瞪了黄毛一眼，随后朝着宿舍区大门走去。

黄毛追了上去，没追几步又折回来，把桌子上的随身听拿去，别到挂了一串钥匙扣的裤边上，跑向沈沁雯。两人走进了宿舍楼，事情才算平息。

万三对彪哥说了声“谢谢”，往桌上拍了两张十块纸钞，准备离开。彪哥拿起钱，折了一下，往万三衬衫的口袋里一塞。他说：“这顿不算你的，菜都翻了。这一带归我管，出了事我负责，你下次尽管放心来吃。做生意嘛，肯定要回头客。”

“好嘞，我先走了，给您添麻烦了。”

万三离开小吃街，心里发怵，他仍然无法理解沈沁雯为什么把国根的死怪在自己头上。她离家出走究竟跟李玉梅闹了什么矛盾？她才十五岁，未成年，却扮出一丝与自己稚嫩的脸庞极不贴切的风尘感，性格上跟她妈妈一样，不讲理，做事冲动，要不是彪哥解围，说不准自己今晚脖子都被抹了。再回头看看那群外地的工人，就跟无事发生似的，在烟雾弥漫的摊车边谈笑，或手舞足蹈，翌日又变换成一个个规规矩矩的齿轮，在厂房的车床里循规蹈矩地运转。

某一瞬间，他似乎又听见了那颗子弹的声音，从时间的另一头射到这个时空里。

10. 好兆头还是坏兆头

沈沁雯走到宿舍门口，插着兜，倚着墙，黄毛疾步赶上，取下钥匙串，门才开了一道缝，沈沁雯就钻了进去。

宿舍不大，只有四十五平方米，一进门是一个煤气灶台，上面挂着一台油烟机，墙上满是黑魆魆的油污。窗边是一张四方桌，下面塞着三把凳子。沈沁雯打开冰箱冷柜，拿出一包速冻饺子，拍到黄毛胸口。黄毛拆开袋，给沈沁雯煮速冻饺子。

沈沁雯往里走到厕所，厕所里有蹲坑、莲蓬头、两条毛巾、底面发黑的牙刷杯和一个洗手盆。蹲坑的冲水把手已生锈，出不了水。莲蓬头没接热水器，只能出冷水。沈沁雯上完厕所，拿起一个盆去洗手台接水，再冲到坑里，陶瓷壁上焦黄色的残留物已冲不干净。沈沁雯打开厕所插销，拉开门，往右一拐进了卧室。卧室摆了两张床，一张一点五米宽的大床，一张一点二米宽上下两层的钢丝床，上层摆着许多杂物。沈沁雯躺在下铺，从枕头下摸出遥控器，打开电视。

黄毛把煮好的速冻水饺放在凳子上，端着凳子走进卧室，放在沈沁雯的床边。

两人听起点歌台，点歌台放起了郑秀文的《眉飞色舞》。黄毛赶紧拿出随身听，按下录音键，把整首歌从头到尾录进磁带。

这宿舍平常是黄毛他爸住。黄毛父母离异后，他爸在厂里认识了一个安徽的已婚女工。她丈夫在全椒县做木匠，他爸跟这个女的去安徽找她丈夫，说是要来个三方会谈，已经两个月没回来。他怀疑他爸被谋杀了，但这事似乎也无关紧要。

黄毛让沈沁雯暂住在这里，他十六岁无法进厂上班，两人就靠着沈沁雯从家里拿的五百块钱过到现在。

正当黄毛录第三首歌时，传来敲门声，外边有人喊他名字。他走过去打开门，是老猫带着两个小弟兄来找他打牌。黄毛说今天不方便，三人还是推门进来。“兄弟来两把嘛，就跟上次一样，二十一点，几局牌的工夫。”

黄毛应了，进屋走到沈沁雯边上，问她借了二十块钱，说马上还她。沈沁雯借给黄毛二十块钱。五分钟后，黄毛又走进来，问沈沁雯再借二十块钱。沈沁雯犹豫了一阵，借给他了。又过了十分钟，黄毛跑了进来。

“你又输了？”

“不是，我压了把大的，我今天手气差，这一局你帮我开牌。”

沈沁雯披上衣服，坐到牌桌上。老猫洗完牌，给每人发了两张。沈沁雯手里一张十、一张六。“要不要加？”她问黄毛。

“加，爆不了。”

老猫跟沈沁雯各加了一张。沈沁雯把牌挪到桌角，用大拇指慢慢掀开，从电影里学来的经验，牌掀得越慢、越用劲，牌面就越好。老猫也要了一张，他把牌合在两只手的手心里，学周星驰用特异功能搓牌。旁边的一个小兄弟用手点了头、胸、左肩、右肩，做了个十字手势。

沈沁雯拿到的牌是四，总共二十点，胜券在握。老猫搓出了一张七，另外两张牌是十点和三点。他是庄家，通杀所有人。

黄毛马上抱着头叫了起来。“你出老千。”

“你哪只眼睛看到我出千?”老猫开始收钱。

“你刚才搓牌了。”黄毛说。

“你电影看多了吧? 我要真有特异功能，早就去澳门了，给钱给钱。”

“晦气菩萨上身了。”黄毛不玩了，把牌一推，让老猫赶紧走。沈沁雯不服气，要老猫接着发牌。十几个回合后，沈沁雯把钱都输光了。她急了眼，红了脸，耳背发烫，拿出李玉梅的存折，要跟老猫一对一。

这一打又是一个多小时，老猫赢了不少，慷慨地抽出一张十块，让黄毛去买几瓶啤酒来，他请客。黄毛出门后，越想越不对劲，再玩下去沈沁雯九死一生。于是黄毛冲到南塘的巷子里，使劲拍李玉梅家的门。李玉梅一看是黄毛，一只巴掌悬在空中，黄毛脖子一缩，双手抱头，蹲在地上喊:“别打别打，雯雯被人算计了。”

黄毛向李玉梅道出对方的来路，三个男的，外地人，为首的叫老猫，十八岁，懂点气功。

李玉梅可不管他会不会气功，非破了他罩门不可。说完，她抄起一把笤帚，横刀立马，往职工宿舍方向杀去。交关好当时正在店里揉面，见李玉梅气势汹汹，就问她上哪儿寻仇。李玉梅怒目金刚，回了一句“我女儿被外地佬绑了”。交关好一听，扯下围兜，左顾右盼后抄起一把大勺，跟了上去。这还没完，他一边走一边用大勺咚咚咚敲别家的门。

老章老章，打仗了打仗了，雯雯被外地佬绑牢了。老幺老幺，出来，那帮“外地西斯”搞事了。李骨头，否要困觉了，跟上，杀过去。阿忠哎，头发等一歇再剃……

交关好扯着嗓子叫唤着街坊邻居，宛如阵前动员，很快在巷子里集结了一支“武装部队”。大伙一听是外地人搞事情，群情激奋，没弄清楚事情原委就要去算账。对人不对事是这里的一贯作风，哪怕是李玉梅的仇敌，现在也跟她统一战线。大伙普遍认为外地人不守规矩，手脚不干净，脑西搭牢、欧七欧八、搞七捻三，是时候去让他们吃点苦头。

老章扛着簸箕，阿忠抓着一把火钳，老幺牵着狗，苏凤夫妇俩带着羽毛球拍子，其余人也是全副武装，几十号人跟到巷子口，望着河对岸的职工宿舍，就等李玉梅发号施令，再从桥上行军过去。军师交关好让大家停一停，一番点兵点将，男儿郎、娘子军都有，还不乏带着水枪的童子军。“还有谁没来啊？”他大声问。

“徐莲友家没来。”有人说。

“一把老骨头了，打不了仗，不用叫了。”交关好说。

“好歹是个道士，站在后面作点法也好啊。”

交关好觉得有道理，法师不能没有，宋江攻打高唐，亏了有懂五雷天罡法的公孙胜相助。他让大家等他一会儿，他这就去请徐太师出山。彼时徐莲友正在屋里头吊盐水瓶，腿脚实在走不动。交关好问她会不会驾云，徐老太说驾你个骨头，遂派儿子吴世昌替自己出马。吴世昌披上一件道袍，脖子上挂一块护心镜，手里拿着一柄桃木剑，也跟着去干架了。

万三趴在窗户上，看着一群人马集结在巷口，预感事情不妙，没来得及换鞋，冲向队伍。

大伙看万三来了，有点慌。这里的长辈都知道万三开枪打死过他爹，出于担忧，便向他一再强调不准拿枪，万一走火伤了自家人。万三把两只裤兜都掏出来给大家看，只翻出了几颗花生。

交关好拿走一颗花生，剥开，吃到嘴里，把壳往地上一掷，大手一挥，出发——

人马浩浩荡荡，伴随着狗吠声，冲到了职工宿舍区。宿舍楼下正在吃夜宵的外来者见本地人来了，马上站了起来，一小厮走到彪哥身边，汇报：“彪哥，来闹事了。”彪哥做出了一个手势，大伙纷纷又坐下。他见对面都带着“兵器”，于是把手往摊车下一摸，摸出一对双节棍，撩起衣背，把双节棍往裤腰带里一塞，再盖上。

彪哥走到队伍面前，往前伸了伸手。

本地人都知道彪哥在这一带有点江湖地位，不敢轻举妄动。黄毛被李玉梅按住肩，歪着脸，像个人质。交关好把大勺竖着背过手，姿态如一个刀客；苏凤夫妇的一对球拍交叉在一起，一副要双剑合璧的架势。宿舍区的人见彪哥赤手空拳，宛如张无忌在光明顶独身对抗六大门派，纷纷上前站在彪哥身后壮声势。

有人索性脱下衣服，拿着酒瓶，赤膊上前，露出文身，宛如铜锣湾随时准备掐架的古惑仔。其中两个兄弟窃窃私语，开始挑选对方阵营中的“老弱病残”：那个归你，这个我来放倒，那对拿球拍的“神雕侠侣”不要招惹，容易被“一剑封喉”。那个道士也要小心，谁知道他会什么邪门的法术，先把他的法器抢下。那个拿大勺的不用担心，就嘴皮子厉害。那个拿着量衣尺的裁缝不要背对他，别被他勒住脖子。

“那些童子军怎么办？”一人问。

“你破处了吗？”另一人反问。

“没呢？”

“那你也是童子军。”

李玉梅这一方的阵营也开始打量对手，双方剑拔弩张，就等一声号令。

彪哥走到李玉梅面前，学着张无忌给灭绝师太作个揖，问她有何贵干。李玉梅不吃这套，她讲：“阿彪，你是个老实人，我不针对你，你帮我把我女儿讨回来。”

黄毛从李玉梅的爪中挣脱，小步跑到彪哥身边，说：“彪哥，别误会，她就是想带雯雯走。”

“那就走啊，带那么多人干什么?”

“哎呀，雯雯现在不是跟我一块儿过嘛。”

“那你把她送回去啊?”

“她不想走。”

“我说，你们家庭矛盾搞得跟打仗似的咋回事?”彪哥在黄毛膝盖后的腘窝踢了一脚，“滚过去，给你丈母娘磕俩头。”

黄毛被一脚踢了到李玉梅旁边，他说：“玉梅阿姨，你看你们能不能冷静一下，您单独跟我去找雯雯就行。”

“少来这套，谁知道你是不是要暗算我?”李玉梅走到彪哥面前，说：“阿彪，要么你们把人给我送出来，要么我们自己进去找，谁也别拦着。要是我女儿有个三长两短，我不会让你们有好日子过。”

彪哥说：“我们一不偷、二不抢，光明磊落，这帮兄弟都是过来打工的，讨口饭吃不容易，别把事情闹大。就你跟我还有黄毛进去，其他人谁也不许动。”

交关好拿大勺指了指彪哥：“你说不动就不动啊，你算老几?出了事你负责啊?”

彪哥瞪了交关好一眼，让交关好别指着他，交关好吓得放下勺子，其他人又拿起家伙指着彪哥脑袋。交关好又把勺子举起，一道月光在铁勺的圆弧上划出一道凉气。

彪哥被众人包围后，从容地笑了一下，瞬间脸色严峻，从身后掏出一根双节棍，把对面的人喝退了一步。

见彪哥亮了兵器，身后的人往前走了几步，越来越多的职工听到风声，也从宿舍里跑出来，男女老少都有。他们如动物般从各自的家乡迁徙至此，在此生存、繁衍，形成了一支同盟军，势要完成一场奇迹般的“马拉河之渡”。

眼看两拨人越靠越拢，火星子都冒出来了，人群中突然传出一阵婴儿的啼哭，声音嘹亮，刺破夜空。

彪哥的女朋友阿霞带着刚满三个月的女儿挤过人群，她走到彪哥身后，说：“奶水挤不出来，家里没奶粉，孩子睡不下去。”

彪哥把双节棍交给阿霞，接过孩子，环抱着，逗弄起女儿。所有人都看着他们父女，不言语，静止得像一张画。

婴儿停止了啼哭，发出一阵天籁般的笑声，两拨人的戾气突然消散了。

李玉梅瞅了一眼孩子，她的五官挤在一起，就像自己女儿刚出生的样子，模样丑丑的，嗓门洪亮，有一股比刀刃还要刚劲的生猛。

李玉梅回身喊道：“谁家有奶粉？”

苏凤说：“我家有，我妹妹刚生。”

李玉梅掏出手机，递给苏凤，让她赶紧给她妹妹打个电话，把奶粉送过来。

双方暂时休战，大伙在夜风中焦急等待，有人抽起了烟，分给对面的人。苏凤的妹妹骑着电瓶车带来一罐奶粉。李玉梅接过奶粉交给彪哥。彪哥说了声“谢谢”，然后走到摊位后面，打开放钞票的饼干盒，整了整卷着边的钞票，小跑过来拿给李玉梅。

李玉梅收下钱，转交给苏凤。苏凤交给她妹妹，她妹妹打了个哈欠，引起众人一阵连锁反应。

彪哥决定退一步，让李玉梅带两个人跟他一起进去。李玉梅同意，拉上了交关好和万三。黄毛带路。彪哥让其他人在他出来之前都不许冲动。阿霞把双节棍递给彪哥防身，彪哥摆了摆手，用手点了点女儿的鼻子，小家伙又冲着爸爸笑了。

几人刚往里走了几步，老猫兄弟们和沈沁雯碰巧出来寻黄毛。黄毛忙跑过去问沈沁雯输了多少。沈沁雯笑着说，翻盘了，不输不赢。直到李玉梅那张脸从夜色中浮现，沈沁雯收起笑容，怔怔地站在原地。

母女俩对视了十秒钟。

沈沁雯刚要动，李玉梅从交关好手里夺过勺子，追着去打沈沁雯，沈沁雯迅疾跑向人群，两人上演了一场猫鼠游戏。

追着追着，李玉梅的脚突然没了力气，失去平衡，整个人一头栽倒在地上。

她不甘地瞪着眼睛，即便使出全身的力气也爬不起来。

彪哥见状，把摊车上的锅碗瓢盆全推到地上，万三将李玉梅抱到车上。彪哥打着火，载着李玉梅骑向医院。

路面有些颠簸，万三扶着李玉梅，不让她滚下车。

李玉梅抬头望着天，夜空被薄云遮盖，透着一层柔和的如丝绸般的光，月亮藏在薄云后，宛如一盏纱灯。月光歇落在她清癯的面颊上，洗濯着她脸上的忧悒。其中一朵云彩宛如一头鲸，与她一同前行着。她想，鲸是美好的象征，代表着远大的志向，天地间只有海能装得下它。

她看到了鲸，是好兆头啊。

然而，她感受到天上的星火仿佛正在自己的心里燃烧。

11. 喧哗的灵魂

李玉梅被送至医院门口，医护把她抬上担架，从走廊到病床，她神志谵妄，身上几乎是没有痛感的。她只是回到了一个遥远的时空里，以一个旁观者的身份观察着自我，她从死气沉沉的事物中，从循规蹈矩的工作中，从一成不变的生活中，捕捉到了自己喧哗的灵魂。

值班医生给李玉梅做了检查，无大碍，可能是受了点心理创伤。其他科室都下班了，具体等明天做个复查，为了保险起见，住院一晚，家属陪同。

李玉梅指了指床尾的摇柄，沈沁雯走过去，摇了十几下，让李玉梅呈仰卧的姿势。

摇完后，沈沁雯坐在一张凳子上，两只手安分地扶住膝盖。母亲的神态如一只被毒蛇咬伤的母狮，没了凶戾感，只有一种猫科动物原始的萌态。或者就是脆弱，脆弱者，不是可怜的，就是可爱的。

李玉梅看着女儿，招了招手，沈沁雯搬着凳子往前挪了两米。李玉梅让她再靠近点，沈沁雯索性坐到她的床上。她预感母亲要交代一些事情。

李玉梅酝酿了一会儿，说："我杀过人。"

"谁？"沈沁雯并没有受到惊吓，只当作母亲的呓语。

"我没骗你，我杀过人，这事除了我，只有万三知道，现在你也知道了。"

"谁？"沈沁雯又问。

"万隆山，万三他爸。"李玉梅盯着病房厕所门上的一张佛陀画像说道，"也许佛祖也知道。"

二十多年前的南塘，是长在佛祖脸上的一颗泪痣。泪痣在眼睛下方，佛祖慈悲的眼神无法照到，于是发生了一桩又一桩暴力案件。

一九七九年改革开放，市场经济开始活跃。老南塘的富光造纸厂须自负盈亏，老厂长远走，留下一堆机器。厂里有一对发小，决定盘下这片老厂房。一人是万隆山，一人是孙有贵，也就是现在永盛纸业的董事长。两人对造纸市场有新的预判，老厂房造的纸纸质粗糙、疏松、扩张度差，势必会被市场淘汰。随着经济向上，市场对纸张的要求会更高，两人开始钻研如何制作纸质细腻、柔软、表面更为光洁的纸张。从原材料的竹浆和木浆，到设备机器，两人罗列好缜密的计划，而如何搞到启动资金是摆在眼前的第一道难题。

偷抢拐骗，两人都干了，积累了不少资金，南塘的人都怕他们，尤其是孩子们。遇到严打"流氓罪"，两人仍顶风作案。罪不是病，穷才是病，一个接受法律审判，一个接受命运审判，人可以逃过法律，但逃不过命运。两人深谙此道。

因为扒了一个香港人的钱包，万隆山坐火车逃到哈尔滨，一下车就被警察逮捕，判刑三年，在当地监狱服刑。孙有贵因供出万隆山的行踪，戴罪立功，通过关系逃过一劫。自此，兄弟反目。

万隆山出狱后，搞来了一把五四式手枪，决定找孙有贵寻仇。三年的时光，孙有贵把造纸厂重新盘活，改名为永盛造纸厂，已经是有头有脸的人物。万隆山回乡后，把枪放在家里的竹篓里，用米饭和锅巴盖住，独自去造纸厂谈判，要从孙有贵那里得到属于自己的那份。他非但没有近孙有贵的身，还招来一顿打，像狗一样被打趴在地上，浑身上下的毛发与沙尘混在一起，已分辨不出五官。

他杀气腾腾地回到家，准备去拿枪，他要一枪打死孙有贵。路上，他对许多人讲了他要打死孙有贵的计划，但无人阻止，他只好将这场不知是蓄谋已久还是临时起意的复仇进行到底。

李玉梅那年十七岁，听闻万三从学校回来照顾生病的奶奶，她去卫生所与万三碰了个面。少男少女情窦初开，在卫生所的楼梯口初次拥抱。两人在那一刻决定在一起，钩了钩手指头，贴了贴额头，李玉梅整张脸烫得通红。

万三的奶奶当时正在输液，神志不清，李玉梅独自去万三家给奶奶煮稀饭。她搬来一把凳子，踩到凳子上，双手把竹篓从天花板上的钩子上取下。她用饭勺扒开一层锅巴，意外地找到了一把没上保险的五四手枪。

这时，万隆山推门而入。李玉梅瞧见他凶神恶煞的脸孔，条件反射地对他开了一枪。

万隆山的心脏位置与多数人不同，他的心脏长在右侧，仿佛枪口被掌管命理的神灵吹了一口气，那颗子弹从枪膛经过枪管，沿着被设计过的弹道，不偏不倚打到他的心脏上。

一块血渍如一朵红梅在他的胸口绽开了花瓣，衣服上的纤维组织宛如花蕊显出一种细腻的形态。

他倒下了，脊椎骨重重地磕在了门槛上，嘎吱一声，宛如一根卯榫被折断了。

李玉梅怔在原地，枪口冒着烟，耳朵嗡鸣。

万三恰好赶回家，目睹了父亲的尸首如一条被打死的老狗。李玉梅抖动着身躯，向他讲述了刚才发生的一切。万三抱着她，直到她的心跳平稳，他才拿过她手里的枪。

“记住，人是我打死的，是意外。你快走。”万三说。

两人的命运因为这颗走火的子弹发生了改变。万三担下了“弑父”之罪后离开了南塘，李玉梅患上了创伤应激障碍。这颗子弹太沉重了，重过八百三十二公斤的司母戊大方鼎，二十年来，压得她身上的骨头咯吱咯吱响。

万三在临走前给李玉梅留下地址，李玉梅一直与他保持书信来往，等待万三有一天能带她走。信中的他总是犹豫不决，像一片抓不住的柳絮。

李玉梅三天两头去邮局找沈国根寄信，沈国根从来都知晓李玉梅的心意，她喜欢的是自己的兄弟万三，哪怕万三杀了人，她对他的情感依旧忠诚。万三一直没有回信，似乎下定了分手的决心。沈国根见不得李玉梅整日凄楚，便开始冒充万三给她回信。于是，李玉梅的笑容又回来了。直到在某一封信中，沈国根得知了命案的真相，原来开枪的人是李玉梅。他瞬间明白了万三与李玉梅都急于逃离南塘的原因。由此，他更加下定决心要守护李玉梅，不再以虚假的万三的身份，而是带她迈入真实而崭新的生活。

他不再回信，从邮局离开，跟李玉梅一同报名进了造纸厂，培训上岗。可自始至终，这朵枪火从未从李玉梅的记忆中湮灭。

爱情对李玉梅而言是残忍的，万三把青春所有美好的悸动带到她面前，最后，这一切都与她无关了。她愿意为了爱情冒险，这是她本能性的冲动，而万三认为冒险只会制造出更多对人生没有导向性的混乱。

或许精神上的决裂，才是导致两人分道扬镳的原因。又或许，只是对人生倦怠了，认为一切都是徒劳的。

后来，李玉梅与沈国根结了婚，生下了沈沁雯。

一个新生命的诞生并不意味着生活的重塑，那些隐形的记忆时时刻刻都在影响着他们的人格与行为，扰乱了婚姻的秩序。

沈沁雯听完李玉梅的故事，她似乎懂了母亲为什么是这样的母亲，对万三的执念为什么如此之深，以至于不惜“摧毁”自己的家庭。她不是主动在谋乱，她只是一个无助的被命运的细线操纵的木偶罢了。

至于沈国根，说不清他是在忍受妻子还是在保护妻子，或许两者都有，这个秘密已与他长眠土里，哪怕有一丝怨恨的喘息，也与坟堆边长出的薄荷叶化成一道清气，透过气孔，消散在漫长的时光里。

翌日，沈沁雯醒来，她记不得何时已睡在病床上，半边身子披着蓝白条纹被，吵醒她的是李玉梅豪放的笑声。她睁开眼，看见母亲与隔壁病床的老大哥以及亲属正在打关牌，李玉梅身前的小凳子上摆着一堆钞票，一块、五块的。她见女儿醒了，把钱一摞，见好就收。

老大哥抱怨了一句：真是晦气菩萨上身了。于是两腿往病床上一抬，背过身，像个怄气的孩子。

“走走走。”她招呼女儿起来，“钱我已经缴清爽了，没什么事。”

“真没事啊?”

李玉梅拍了拍肩膀、腹部、手臂、大腿，跟掸灰尘似的。“你看我有事吗?”

“没事。”

母女俩刚要出病房，陈广生穿着白大褂，脖子上挂着听诊器进门。

“去哪儿啊？检查还没做呢！”陈广生说。

“上次不是检查过了吗?”李玉梅说。

“还得再做一次检查，你是医生还是我是医生?玉梅姐，别儿戏。”

李玉梅拉住女儿的手往外走，一把还拉不动，沈沁雯就跟雕塑似的压在那里。

“你走不走?”李玉梅又拽了两下。

沈沁雯没回话。

“你不走，我可走了!”李玉梅甩开女儿的手，走出病房。

沈沁雯和陈广生走到门外，看着李玉梅穿过走廊，右转消失，没一会儿，她又探出半个歪歪扭扭的身子，在走廊尽头往这一头窥探，被发现后又扭过身体，疾步走出医院。两人等待了会儿，确认李玉梅不会再出现，才商量起来。

“我妈得了什么病?”沈沁雯问陈广生。

陈广生清楚李玉梅的家庭情况，丈夫掉进了纸浆池，母亲早逝，父亲跟着相亲对象坐面包车去野餐，翻下了崖，与公公家也鲜少往来，身边就女儿一个亲人。她虽只有十五岁，但作为家属理应有知情权。

“你妈初步确诊为肌肉萎缩硬化。”陈广生说，“你平常没留意到什么情况吗?”

沈沁雯摇摇头。“什么是肌肉萎缩硬化?”

“我跟你解释一下，这个病有个学名，叫‘渐冻症’。知道什么是渐冻症吗?很好理解，就是人的肌肉组织就像被放进了冷冻柜里，拿出来的时候，会变得硬邦邦的，没有伸展性，就动不了。”

沈沁雯回想起母亲昨天突然磕绊的那一下，看来她是自己把自己绊倒了。“这个病怎么治?”

“渐冻症是种罕见病，发病率大概是十万分之四，十万个人里有四个会得这种病。你知道霍金吗，坐轮椅上那个物理学家，他就是得了这个病。以目前国内的医疗手段很难根治。”陈广生见沈沁雯的脸灰扑扑的，眼眶湿润起来，似乎要把一对眼珠子都融了。他立刻又补充道:“别怕，一定程度上可以缓解的。我做医生也不久，对这个病了解不深，总有办法的嘛!”

“一动不动，会变成植物人吗?”

“这个……不一定。”

“那多晒晒太阳能好吗?”

“啊?”

“把冻肉从冰箱里拿出来，晒一晒，不就把冰融化了吗!”

“哦，也对，你说得没错，多带你妈晒晒太阳吧。”

“泡热水澡呢?”

“这也是个好习惯。”

“我知道了。”

随后，陈广生拿起笔，半蹲下，把纸按在膝盖上，写了一个号码，撕下，站起来，递给沈沁雯。“喏，按规章，医生是不允许给患者留电话的。不过咱们是一条巷子里出来的，按辈分，我跟你同辈，而且你妈以前算救过我的命，有问题你晚上给我打电话。你妈的脾气我们都知道，不听劝的，你得把她拴牢，她以后——要靠你的。”

沈沁雯把纸条往牛仔裤的后兜里一塞，支支吾吾道：“我知道了，我妈得了渐冻症——多晒太阳——有问题跟你汇报。”

陈广生拍拍沈沁雯的肩膀。沈沁雯准备走，没走几步，她回过身问陈广生：“广生哥，我妈会不会死啊？”

陈光生推了推眼镜，一只手掌盖住半张脸。“依我看啊，她福大命大，死不了的。”

沈沁雯点了点头，离开病房，时不时瞅瞅其他病房的病人。她看见有个和她妈差不多大的女病人，精神抖擞，手提着输液的杆子，双指并拢，随着摆在窗台的半导体收音机的伴奏，正在唱《梁祝》。

她站在门口听了会儿，嘴角微微翘起。生病是人之常情，对嘛，人照样能好好活的。

走到下一间病房，她又看到一个病号正哀号连天躺在床上，手捂着腰，双脚吃力地把骨架撑起，家属拿着蓝色的尿盆在一旁伺候着。

她的脸色又阴郁下来，不敢再多看。

走出医院大门，她看见李玉梅没走。她问人要了根烟，披头散发，像个赖子一样蹲在地上抽烟。母女俩对视了一眼，李玉梅把烟按在地上掐灭。

“你什么时候学会抽烟的?”

“就今天。”

“别抽了，对身体不好。”

“你还跟不跟我回家?”

“走。”

沈沁雯同意回家，两人先前的嫌隙搁到一边，一起在医院门口的早餐店喝豆浆。李玉梅把油条拗起，把沈沁雯碗里浮在豆浆上的葱花沾起，再把油条塞进嘴里，不忘数落女儿一句:“豆浆不放葱，大小便不通。”

沈沁雯一直用勺子在豆浆里打转，速度越来越快，碗里被打出了一个漩涡。

李玉梅啪的一下拍了她的手。“注意吃相。”

李玉梅把油条咽下，双手捧着碗，把豆浆灌进喉咙，随后把碗往桌子上一磕，啪，如惊堂木落下。她开始陈词:“我们之前的协议不算数了，我的诉求很简单，你回去上学，别在外面‘惹神惹鬼’，你不给我面子，也得给你爸一点面子。他是厂里的模范英雄，我们这样搞下去，弄堂里的人要看你爸的笑话。”

“嗯——”沈沁雯答得很轻声。

李玉梅压低音量，眼睛也低垂下来。“你也别担心我什么，生死有命，富贵在天，我要是哪天挡不牢了，你不用照顾我，你还是过你自己的。你只有好好学习，好好进步，以后才能走自己想走的路，不用像我这样讨生活。”

“嗯。”

“嗯什么嗯，待会儿我去厂里，你跟我一块儿进去。”

“我去干什么？”

“你去了就知道了。”

母女俩吃完早餐，叫了一辆电三轮，坐到造纸厂门口。李玉梅在传达室登记，要带孩子进去。门卫不让，李玉梅打电话叫刘光明，刘光明疏通了一下，领两人去了车间。

到了车间，沈沁雯看见一团团废纸像豆腐块一样堆在车间里，散发着一种刺鼻的气味。李玉梅去车间旁的仓库开了一辆双人位的叉车出来，停到沈沁雯身边。“坐上来吧。”

沈沁雯爬上叉车，李玉梅戴上手套，挂挡，松刹车片，倒了下车，踩油门，转方向盘。铲车开到废纸堆边，下货叉，起升三十厘米。母女一同随着叉车开出车间，前往制浆间。

“看到了吗？我每天就干这些。就是不停地在这两个点来回。这段路不长，四百米不到，就足够养活我们两个人。”李玉梅边打方向盘边说。

“累吗？”沈沁雯抬起头，觉得太阳有些刺眼，额角渗出汗珠来。

“算不上累，就是很无聊，如果你做了老师、医生，或者是律师，那样的工作会精彩很多，每天会跟各种各样的人打交道。我呢，就只能跟机器打交道。”李玉梅开到拐角处，指了指一栋涂着蓝漆的厂房，说，“喏，你爸就是在那里牺牲的。”

沈沁雯想了想，问：“如果我爸没死，你会跟他和好吗?”

李玉梅开了五十米，到厂房区停下，抬头望了一眼。她说：“后悔的事情多了，我们向前看吧，把日子过好，就是对你爸最好的回报。”

沈沁雯鼻子一酸，嘴角往下弯。她突然觉得眼前的母亲是陌生的，而这种陌生感向她展现了一种不同于以往的顽强生命力，不知是她本就是如此，是自己忽略了她的这种人格，还是她在某些时刻蜕变了，长出一副披荆斩棘的鳞甲。

她是变化多端的，但她总是她自己。

“哭什么呀？你妈我快乐得很，我们自食其力，只要不欠债，正常吃喝拉撒，我们就不比别人差。再说了，活着本来就是一种忍受，忍受才是人身上最高贵的品质。这句话你外公说的。”

李玉梅用沾满污渍的手套抹了抹沈沁雯的脸，沈沁雯看了眼倒车镜，她半张脸红、半张脸黑，像个被烟熏过的番薯。

她笑了，只有那么一瞬，恰巧被李玉梅瞧见了。

12. 被“冻住”的母亲

永盛纸业一月一度的员工大会没有如期召开，李玉梅四处打听，从车间一路打听到办公大楼，怎么不开了？这月的先进标兵还评吗？有传言董事长惹了点官司在身上，抑或“龙体欠安”，只要他不“上朝”，“文武百官”中没人敢主持“朝政”。这把李玉梅急坏了，董事长就是被仇家暗杀了她也不在意，她在意的是这个月她该得先进标兵了。这已经成了她的一块心病。这个月，车间里她的工作量最大，办了多少货，刘光明都记在本子上，不能不算数。

食堂吃完午餐，她把一块浸过水的毛巾挂在她那晒得黑红的脖子上，一个人怏怏不乐地坐在废纸堆里。其他车间的工友都趁着午休时间，去新办公楼的十七层娱乐房里打桌球。

刘光明走进车间，坐到李玉梅身边，他手里托着一顶帽子，帽兜里放着李子，朝李玉梅伸过去，请她吃一个。

李玉梅咬了一口，酸，把剩下半个丢回帽兜里，甩过脸。

刘光明自然晓得李玉梅的情绪从何而来，自从当上领导，早已练就一身看山看水看脸色的本事。这厂里其实跟学校没什么两样，监督功课，颁发奖励，训导学生，时刻关注各种人的心理问题，必要时再铲除隐患，先董事长之忧而忧，后董事长之乐而乐，鞍前马后，毫无怨言。

两人在原地静默了一会儿。刘光明伸直腿，从裤兜里掏出一张纸，一只手艰难地把纸摊开，在空中甩直。

“什么东西?”李玉梅的眼睛马上瞟过去。

“名单，先进标兵。”刘光明一只手把帽子轻轻放在一边，没放稳，几个李子从帽兜里滑到了地上。李玉梅迅疾跑上前将李子捡回来，放进去，眼里充满殷切的期盼。

刘光明把名单抚平，按在膝盖上，用手指了指李玉梅的名字。“董事长身体有恙，开不了会，安排我处理这个事情。这是厂里的制度，雷打不动的。我不想大张旗鼓，要得罪其他领导的，就找你们一个个谈话。你看看，我没骗你，这个月你是先进标兵。”

李玉梅双手捏着名单，一双眼睛捏成一对月牙。“那要贴出来的吧?”她说。

“要的要的。”

“什么时候贴?”

“我去催催，让办公楼那边下午就印。”

“能不能把我的名字放在第一排? 最好第一个。”

“排名不分先后。”

李玉梅不乐意了。“我自己以前看名单的时候，也不会一个个扫过去的。你把我放第一个，我领我女儿来看一下，我怕我说了她不相信。你晓得的，我女儿好不容易回学校去了，我以后要给她当榜样的啊！”

刘光明的脸色阴沉下来。

“怎么了嘛，这个忙你帮不帮嘛?”李玉梅推了刘光明一把，“你怎么跟个小娘皮一样的啦?”

刘光明看了看李玉梅那鲜少显露的纯真眼神，忍不住站起来，有些激动，嘴里蹦出的字几乎是一锤子一锤子凿出来的。“李玉梅，我想帮你的啊，我帮不了你呀——”

李玉梅见状，有些惊诧，于是又放低姿态。“哎哟，我开玩笑的，不为难你，放第几排都可以。”

刘光明仍然没有冷静下来。“不是放第几排的问题啊——”

“那是什么个问题嘛，大惊小怪的，都被你吓出鬼来了。”

刘光明又坐下来，双掌在膝盖上抓了一会儿。李玉梅预感到一些事，她起身准备走，刘光明抓住了她的胳膊，往下一拉。“你坐下。”

“你讲。”

“我不开大会，是不想你从天上跌落。我来寻你，不是来给你颁奖，这个奖本来就是人情世故，两瓶老酒、一条烟就能到手。我从你身上能榨出什么东西?你生毛病这件事情已经传出来了，渐冻症，这个病很严重，厂里很重视。你上次差点把我撞死，叉车也差点撞坏，给厂里埋下了安全隐患。有人已经把小报告打到董事长那边去了，想搞你的人太多了，谁让你以前不收敛，四处得罪人。董事长叫我去见他一面，让我跟你把话讲清爽，或者找个由头把你弄出去。”

李玉梅先是惊诧，然后笑起来，蹬腿爬到了一堆废纸板上，她转了个身，犹如一个戏子亮相，在“舞台”上走了一个虎虎生风。“刘光明，你看看，胳膊是胳膊、腿是腿，我好好的嘛。”

刘光明招招手，让李玉梅下来。李玉梅不肯下来，她又纵身一跃，跳到了另一堆废纸上，揣着一颗沉重而惊慌的心脏在刘光明面前“飞檐走壁”。

刘光明的脑袋如一台摇摆的电扇，随着李玉梅在废纸堆上跳来跳去，从左转到右，又从右转到左。

他们都累了。

李玉梅爬下来，刘光明赶紧上去扶她。

“你去跟董事长说，我没生毛病，你亲眼看到的，我运动员水平。这个事情对你来说不难办。你再去说，我老公是厂里牺牲的，公司不好这么对待我的。”李玉梅的声音微微颤抖，眼神飘忽不定。

刘光明说：“董事长当然知道这些事情，他能当这里的龙头，比我们这些人精明多了，早派人去医院查证了。现在他是个慈善家了，捐了几百万修大桥，电视台采访了多少遍了？你觉得他会故意针对你一个小角色吗？你以为万三是凭什么进学校教课的？他以前做过亏心事，举报过万三他爹，让他蹲了大牢，万隆山又被一枪打死。他一方面觉得心里有愧，一方面觉得万三帮他拆了一个炸弹，这个人情他就愿意给，你还真觉得是花姐帮了他的忙啊？你看我二舅，腿是被孙有贵打断的，现在管传达室，养老没问题了。他这个人什么作风，我一清二楚。钞票能把人变坏，也能把人变好，管他以前干过什么偷鸡摸狗的事情，他现在就是这里的菩萨。”

“菩萨怎么不对我发一下慈悲？”李玉梅口气强硬起来。

“你以前惹的事太多了，好几次对你网开一面了。现在你是得了重病，要是你死在厂里，对他的声誉影响很大。国根死的时候，就被拿来大做文章了，之后整个造纸厂的安全体系都改了一遍。他是要选人大代表的，一点污点都不能有的，这些事情，不是我们这些小兵拉厮能明白的。”

“我不走，我不会离开工厂，我走了，我家谁来养？”

“李玉梅，真不是我要赶你走，是你真的不适合在厂里待下去了。你人聪明，谋个生路没问题，能帮你的我一定帮你。”

“我不需要你帮，我就是干我的活儿，拿我的钱。我不会死，就算要死，我也像条老狗一样找个偏僻的地方自己去死。”

刘光明一掌拍向自己的脑门。“哎呀，你怎么就是这么说不通呢？”

“你就是怕你自己没法交代。”

“是，我他妈才是一条狗。”刘光明一脚踢翻了鼓实的帽子。

“你生什么气？”李玉梅的口气宛如一道霹雳。

“又不是生你的气。”刘光明背过身。

“哼！我以为你是来给我报喜的，结果给我来发丧的。我真想不到，孙有贵做菩萨能做得这么绝。不，他是阎罗王，你就是个黑无常。”

“人要不狠，地位不稳。管他菩萨还是阎罗王。”

李玉梅在车间里转了两圈，谋划着什么。她突然想到一点，走到垂头丧气的刘光明面前。“孙有贵还欠我一个人情，他得还我。”

“什么人情嘛？”刘光明显然有些不耐烦了。

“你帮我跟孙有贵传个话，万隆山不是万三打死的，是我打死的。他要是想知道怎么回事，可以叫我去他办公室说。”

刘光明不解。“什么鬼话？什么你打死的？”

“我跟你讲，万隆山，我开枪打死的，我对孙有贵有恩，我要是没有杀掉万隆山，孙有贵可能都不会有今天。”

刘光明脑子一团乱，他说：“我不会帮你传达，事情已经过去二十多年了，大家都当看戏文的，没人想知道万隆山究竟哪个打死的。万隆山和孙有贵以前是什么角色大家都清楚的，被儿子打死大家伙都解气，你改不掉的，只会惹祸上身。放聪明点，你要自己救自己，赶紧去把毛病看好。我会尽力帮你去争取一点补偿。人到了工厂上班，就是一架机器，机器总是要淘汰的，我们的命不是自己做主的。孙有贵也没有为难你，你自己就这个命数，人哪个能赢得过天？”

说罢，刘光明捡起地上的帽子，往头上一戴，走出车间。

李玉梅在原地静默了一会儿，车间里的工人陆续回来。她无法接受这样的命数，她是个劳动者，不是个剥削者，只有贡献，没有危害，身上的每根经脉、每滴血液都跟工厂粘在一起，让她离开工厂，就好比把一个十个月的胎儿从母体中强制流掉，况且她这个婴儿已经具备自我意识，太残忍了。这种恐惧与不安远远胜过身上的疾病对她造成的伤害。

李玉梅恍恍惚惚上了一个星期的班，她终究没有等到那张贴在工厂门口的先进标兵的表彰单。人事任免通知倒是下达了，为了把事情做得体面，除了她以外，又开了七八个员工，美其名曰整理生产线。她心里清楚，厂里是铁了心要弄走她。她没处说理，因为这个理在这里根本就不成立。所有人，包括这片天与地都认为她已经失去了一个劳动者最基础的价值。整个工厂、整座城市都在大张旗鼓，欣欣向荣，迈向辉煌的新时代，而有些人是无法跟着社会一起前进的，他们好似都患上了“渐冻症”，注定是寸步难行。

李玉梅起初不愿意走，死皮赖脸地待着，没人跟她吵闹，食堂的饭勺照样不少她一份菜。只是好像所有人都在冷眼看她，毫无情绪，刘光明也不安排任务给她。她逐渐意识到自己在这里成了一个幽灵，一个游荡着的不愿接受自己已经死亡的孤魂野鬼。她的肌肉和骨骼目前还能正常运动，而她似乎已经驾驭不了这副皮囊了。

就在某一个热天午后，车间里发了一箱汽水，小组长给每个人发了一瓶，唯独没有发给李玉梅。李玉梅坐在叉车上，看着汽水一股股地在他们的喉管里流动，过了一阵后，她便脱下工作服，整齐叠好，放在了叉车的座椅上。这时，大家的目光才看向她，关注起她接下来的举动。她没有发表任何告别的致辞，更没有显露一丝愤怒，所有的情绪都像汽水里的泡沫，自然而然地就消解了。

她走向车间大门，恰如走到人生的交界处，再回头一看，所有人按照程式忙碌起来，似乎只有自己要进入一个不规矩且未知的地方。

刚走出工厂大门，刘光明的二舅瘸着腿从传达室蹒跚而来，冷冷地问了她一句："走啦？"

李玉梅回过头，望着跛着足的二舅。"不走等着被抬出去吗？"

二舅挥了挥手，走回传达室，拿起报纸，听着从收音机网孔里外放的戏曲，心无旁骛地看了起来。一片阳光透过窗门，把他那张面孔照得金光熠熠。

李玉梅仍不甘心，她还气息尚存，唯一能想到的对策就是治病。只要病根除了，她就能再回来，从坟墓破土而出，光明正大地迎接工厂头顶那片和煦又刺眼的阳光。

13. 懦弱是人生的常态

沈沁雯凌晨四点就醒了，她的脊背有些黏热，遂翻了个身，胸腔贴着床褥，换个面焐自己。她隐隐睁开眼，看向母亲的床铺，李玉梅只半个身子坐在棉花被里，腰背则靠着床栏。

她何时醒的?

沈沁雯看不清她的五官，只感觉那个黑魆魆的身体思绪万千，母亲保持这个姿势许久，似乎灵魂出窍了。沈沁雯想起了八仙里的李玄的元神游仙界，怎么都不回来，书童只好把他的肉身烧了。在半梦半醒的时刻，沈沁雯陷入了和那个书童同样的烦恼。

她再也睡不着，只是看着寂然不动的母亲，直到天光投进窗，一阵寒潮从窗户的缝隙中钻入，逐渐冷却了整间屋舍。

沈沁雯伸出手，手的指关节长满冻疮，热乎乎、红彤彤，像几只煎熟膨胀的大虾。她试着活动一下指关节，它们如此迟缓而僵硬，用指尖在枕套的绣花处摩挲了一下，只感觉到枕套凹凸不平的形态，而无法感受它的纹路。渐冻症给妈妈带来的感受就是如此吗？从自己手指和脚趾开始僵硬，寒意顺着身上的筋脉逐渐渗透到心脏，直至整个人都被冰封，成了一具雕塑，成了一种

“自在”的而非“自为”的存在。

她起身后，从柜子翻出母亲织的那件橙色的毛衣，套在自己身上，然后披上校服校裤，臃肿地走到楼梯口。她定了两秒，然后对着僵直的李玉梅说了声：我上学去啦?

对李玉梅而言，女儿的话语不像是个喜讯，她“嗯”了一声，继续维持其失神的状态。

沈沁雯下了楼，夹着双腿踱到后门外的厕所排泄，洗漱。厕所棚上的石棉瓦结出一层霜来，晨曦稍稍一照，又融成水滴，待沈沁雯打开门出来时，恰好滴到她的脖颈处。她猝不及防地被水滴刺了一下，既冰冷，又有些疼痛，好在体温迅速治愈了这一小块皮肤。

她走进屋，桌角上是母亲昨天起夜放的两块钱。她一把将硬币抓进手里，拉开大门，再关上。巷子里的早餐店已冒出氤氲热气，呼呼呼扑到她脸蛋上。她什么也没吃，背着书包踩着石板往前走。一路上，周围的长辈们都朝自己看过来。他们本能地认为人情世故是成人之间的事，所以一点也不在意自己赤裸裸的眼神对一个孩子是否足够体面。

沈沁雯低下头，试着回避那些目光，走着走着，她看见自己的双手以肉眼可见的速度长出了一种棕色毛发，随后十根手指的指甲变硬，四肢也变得粗大起来，尾骨蠢蠢欲动，往外戳着皮肤，直至钻出了一条细长的尾巴。她迅疾跑到一口水缸边看了一眼，镜面中俨然是一只形容不出来品种的动物，任凭她使劲眨巴眼睛，也无法让这种幻觉消弭。

这让她越发慌张，身体的骨骼开始退化，四肢的运动却越发迅疾，以奔跑之姿冲出南塘。周遭的空间也急剧收缩、折叠起来，宛如降为二维平面。学校几乎是飞跃至她眼前，一瞬间将她吞入教室。

她趴在课桌上，把脸盖在双臂中，担忧着同学们看见自己的异化。当她再度抬起头时，发现其他同学也已变为家禽或野兽，但她能分辨这些动物的真实身份。所有人都毫无知觉，包括班主任杨爱莲，她变成了一只虎，身披黄棕色的皮毛，附着黑色的条纹，当她靠近沈沁雯时，沈沁雯能从她棕褐色的虹膜里看见一个瑟瑟发抖的自己，似乎是对猎物被猛兽锁定后的惊慌感同身受。

一时间，她分不清这里到底是丛林，还是动物园。

杨爱莲让所有同学站起来，让大家为沈沁雯鼓掌，嘴里则阐述着浪子回头金不换的价值观，似乎是在救赎她。而沈沁雯感觉自己正在被野兽活剥、分食，连食物链底层的蚂蚁都在贪食她的腐肉。

刘燕传来一张纸条，表示自己要与沈沁雯化敌为友，是坚定的陈述句，而非渴求的疑问句。沈沁雯无法理直气壮地说“不”，她依旧是一个在他者眼里无须被人征得同意的人，或是一个被他者定义的客观体，就如黑板上那个用圆规画出来的圆，无人意识到在线条的细微处隆着一座高不见顶的喜马拉雅山，或凹着一个深不见底的雅鲁藏布大峡谷。

她持续保持着呆滞，她想母亲此时此刻仍旧坐在床榻上，吐纳冰冷的气息，那种寒意仿佛能穿越时空，影响她的当下，甚至能反溯到自己还是个婴儿时的朦胧的灵魂里。

人究竟是被创造的一件等待自己补足的具有英雄主义的瑕疵品，还是终其一生也无法对抗现实便只能选择回避与隐瞒以求得与生活共存的自我。她们母女的困境已经不是如何解答这些疑问，而是如何理解这些疑问。

生活不只是马斯洛需求，更有高于马斯洛需求之物。

午间，其他同学趴在桌子上午睡。沈沁雯独自逃到学校食堂后门的空地，空地的围墙下种着一排石楠树，初春萌发锯齿状的新叶，夏季开满繁密白花，秋冬红果累累。她曾在这儿碰到一位退休多年的老教师，老教师告诉她杨贵妃以前的住所华清宫就种着石楠树。她问杨贵妃是不是在石楠树上上吊的，老教师说不是，杨贵妃是缢死在马嵬驿的一棵梨树上，听了他的讲述后，沈沁雯便放心地靠在石楠树下睡觉。

她坐下后没多久，章小帆也走到这儿，靠着树干坐下。她对沈沁雯说："我知道你在这里，这两年的这个时间点你一直在这里，你在这儿究竟想什么？"

沈沁雯觉得她烦，就吓唬她："让我一个人待一会儿行不行？杨贵妃在这棵树上上过吊。"

章小帆不怕，她说她爷爷就是在家里的房梁上吊的，他们还是住得好好的。

沈沁雯跷着二郎腿，拔了一根草，叼在嘴里，用牙齿上下摇晃。“说吧，找我什么事？”

章小帆也拔了一根草，用手编成一枚戒环，套在自己的大拇指上。她说：“你来学校之前，杨老师跟我们说了你家的情况。她说，你妈得的病是五大绝症之首，最厉害的那种。好比是华山论剑，天下第一。她让我们班的同学给你家捐款，每个人都要捐，捐多捐少，全凭良心。”

沈沁雯有些纳闷，一向尖酸刻薄的杨老师怎么长出菩萨心肠了？她长舒一口气，说：“我妈死不了，你觉得她会死吗？”

章小帆摇摇头。“我爸说，你妈比蚂蚱还能跳，蚂蚱是怎么都死不了的。”

沈沁雯说：“既然死不了，捐什么款？你们要捐，我就拿着，但这钱不是用来出丧的，是用来治病的。”

章小帆问：“你不害怕吗？”

沈沁雯说：“又不是我得病。”

章小帆说：“我妈也得病了，抑郁症，我爸逼的。我爸现在不想当电工了，他说他要去学唱戏，不管家里了。”

沈沁雯说：“你爸唱戏是挺好的，但人们都说戏子无情。”

章小帆说：“他要演梁山伯，人家越剧班不收他，说他太老了。他就离家出走了，越剧班去哪里演出，他就跟到哪里。现在，我们家全靠我妈踩洋车。”

沈沁雯说：“你爸应该演马文才。”

章小帆说："我就说嘛，他不是这块料，就算演马文才人家也不要他。"

沈沁雯摘下两片叶子，贴在两只眼窝上。

章小帆取下一片她眼窝上的叶子，继续烦她："我爸偶尔回趟家，没钱了就回来翻我妈的抽屉。我妈跟他大吵了一架，我爸说他能成为越剧名家，是天才，我妈在阻止他成为天才。我妈有一回跟我说她得了抑郁症，已经治不好了，第二天早上就去外婆家了，再也没回来。"

沈沁雯不理解什么是抑郁症，也许只是一种心情不好的病，这显然不能与自己妈的渐冻症相提并论。

章小帆说她昨晚又见到她父亲了，他在半夜偷偷摸摸地回到家，半蹲在她的床边，用一种比风还轻的声音吹她的耳朵。他问女儿身上是否还有钱，一块钱、两块钱都好。他说他保证会很快还钱，到时候带女儿去看越剧演出，他演梁山伯。尽管是在黑夜中，连灯都没开，章小帆仍然能看见自己父亲那双红得发光的眼睛，眼珠像是陷入了深不见底的洞穴里。她的床垫下有十块钱，她不舍得给，手紧紧抓住被褥，紧闭双唇。父亲的语气旋即变了。"就几块钱，把钱给我。"从一种请求变成了一种命令，那一瞬间的压迫感让她掀开床垫，把钱交给父亲。

大人们总是如此，有意无意地在孩子面前展现自己的权力，决定他们的行为，让他们屈服于自己。一旦他们走出家门，又被另一种更高的权力所凌驾，因而变得唯唯诺诺，卑躬屈膝。

父亲得逞了，夸了她一句“好孩子”，他父亲的身份再一次得到了廉价的升华。

章大明不仅对孩子如此，对妻子也是如此。妻子阿玉是外来人，这里的风气普遍认为外来媳妇本地郎是不对等的婚配，丈夫给了妻子居所，妻子理应对家庭尽心尽力，究其本质，就是得有服从性。在行为上满足丈夫，在精神上信服丈夫。章大明认为自己是“觉醒”了，认为艺术就是要坚决与世俗生活告别，豁免自己才能成就自己，人永远都有超越当下而面向未来的可能性。他让妻子无条件支持自己。这话乍一听有点道理，只是他仍然找不到着陆点，只得跟着戏班四处走穴。

沈沁雯听了章小帆的讲述后有点明白过来了。章小帆认为她和沈沁雯一样，既没有父亲庇佑，又面临母亲重症，一个十几岁的女孩孤独无依，不知如何面对以后的生活。

沈沁雯想了想，说：“你爸被下了诅咒，你明白吗？自认为是天才的人往往都会疯，疯病会把一家人拖下水。”

“什么时候他会醒呢？”

“幻觉结束的时候，要么清醒，要么疯得更厉害。”

章小帆站了起来，把刚编的一个大草环放在沈沁雯脚边。“我找你说这个事你别说出去啊，你家的事情传出去后，很多同学都在背后开玩笑。我不想被人议论。”

沈沁雯淡漠地说：“我知道，好事不出门，坏事传千里。”

章小帆准备走，走了一半又想起什么事忘了说。“我找你说这个事的主要目的不是跟你套近乎，我是想告诉你，我妈和我的钱都被我爸拿走了，我没钱给你捐款了。”

沈沁雯摆摆手，又把叶子贴到自己的眼窝上。

整个下午，沈沁雯一直没去上课。清风拂过身体，她几乎就要化到土里，与树根盘在一起。

最后一节课是体育课，章小帆领着万三找到沈沁雯。此时沈沁雯摆着一个侧躺姿势，万三揪住沈沁雯的后领，像是灵隐寺住持逮住了心猿意马的李修缘。

万三摇了她两下，随后将她像一只猫一样提起。沈沁雯弓起背挠了他两下，挣脱后，她迈着猫步懒洋洋地走到操场，站到队伍最角落的位置。

刘光明抱着一箱汽水前来视察，把汽水放下后，他挽起袖子，一屁股坐在汽水箱子上，望着孩子们，露出一个弥勒佛的微笑。

前阵子，刘光明代表永盛集团与学校达成合作协议。在元旦期间，工厂要在大剧院组织一场文艺汇演，万三须代表学校组织一个叫作“绳采飞扬”的跳绳节目，上台给工人和村民表演。同学们得知有上台表演的机会，且是全校独一份，一个个一改往日的嬉闹，都开始配合万三的教育工作。

万三把学生分成了三组，训练的是一样的项目，多人交叉跳、扭身跳，其他一些创意跳绳方法。

课间，万三把一台海燕牌录音机提到队伍前，插入一盒磁带，播放音乐，歌曲是那英的《雾里看花》。事实上，这歌并不适合作为花样跳绳的背景歌曲，奈何刘光明自称董事长肚子里的蛔虫，他说董事长就爱听这首歌。

万三背过身，嘀咕道：什么肚子里的一条蛔虫，就是粪便里的一条蛆虫。

学生们根据之前的课程开始训练，最终三组合并，在一根长达十米的跳绳中不断堆人。刘燕则在队伍面前领舞，以绳做鞭，宛如《水浒》里的扈三娘，耍出一套犀利的鞭法，丝毫不啻于一丈青。

沈沁雯对之前的课程不甚了解，被万三安排去摇绳子。她一摇绳子，就能绊倒一个同学，直到没有同学愿意和她一组。沈沁雯也赌气起来，放下绳子走到教学楼墙边，倚着墙坐下来。

刘光明上前开导沈沁雯，让她好好训练，在文艺汇演那天给妈妈一个惊喜。沈沁雯瞪了他一眼，抓起他的手臂咬了一口，疼得刘光明喊出了一声公鸡嗓。

“你发什么狂犬病？”刘光明气得差点一脚踹过去。

“咬的就是你这个狗头军师，你为什么要把我妈开除？”

“又不是我开除她的，况且你妈得了病，你见过谁得病了还去上班的？”

“我妈说的没错，你真是个狼心狗肺，心肝脾肺肾，没有一块不黑的。”沈沁雯朝着他全身上下指了一通。

“哎呀，病好了回去上班就好了嘛。”

“你明知道我妈的病不会好，装什么活菩萨——”

刘光明被沈沁雯激得眼眶冒出泪花。“我不是活菩萨，我是阎王行了吧？你妈恨我，你也恨我，上面训我，下面骂我。我每天劳心劳力，人人却都瞧不起我，我堂堂一个刘主任，当成了刘公公，一点尊严也没有了。”

同学们都停下训练，看着刘光明。这个平日嬉皮笑脸的刘主任此刻却梨花带雨，颇有点林黛玉的娇弱。

刘燕见她爸被欺负了，立马冲了过去，举起手往沈沁雯胸口一推，将她推倒在地。沈沁雯爬起后，刘燕又将她推倒，顺势坐在沈沁雯身上，用双腿钳住她的身体，手掌举在半空，作势要打下去。“你再敢欺负我爸试试？”

眼看两人要打起来，万三赶紧将刘燕拉开。沈沁雯爬起后向刘光明奔去，嘴里喊着要咬死他。刘光明只得满操场跑，直到自己绊了一跤，磕破了下巴，半张脸沾满灰。

“给我住手——”万三朝着沈沁雯大喊一声。

沈沁雯没再发起攻击，居高临下向刘光明警告：“你以后有多远给我滚多远，我们以后不想再见到你——”

闹剧收场后，刘燕搀着刘光明要走，她让刘光明赶紧去打一针狂犬疫苗。刘光明说不用，谁让李玉梅被下岗是自己传的“圣旨”。女儿刘燕又展现出超出这个年龄段孩子的机敏，她说，万一她妈的病遗传给她，再传染给你呢？刘光明想了想，决定去医院看一看。父女俩的对话全让沈沁雯听见了，沈沁雯气得甩出一脚，把录音机踢翻。录音机的卡带从机器里跳了出来，她又一脚踩碎了磁带，将里面的二氧化铬磁性条抽了一地。

下课铃响，万三让同学们回教室收拾作业回家。沈沁雯不肯走，又回到那棵石楠树下，把脸埋在膝盖里。

万三跟了过去，在她旁边坐了下来，摇了摇她的肩。沈沁雯没搭理他。

万三说："我像你这么大的时候，也遇到过很伤心的事，你知道我伤感什么吗？是无人理解。后来我长大了，明白了成熟的标志不是有能力去说服别人理解你，而是去接受自己不被理解。"

"你觉得我错了吗？"沈沁雯问。

"是的，你没控制好情绪。"

"我控制不了，我忍受不了了。"沈沁雯把头抬起来，声音有些喑哑。

"我查过你妈的病，渐冻症百分之十的可能性是遗传，百分之九十病因不明。所以遗传的概率很小，你不用怕。"

"那我妈是怎么得的这个病？"

万三也想过这个问题，会不会是那一枪给她留下了某种后遗症？他想起他刚回到南塘时，李玉梅把他劫下车，拿着一堆信非要向自己讨个说法。她似乎被困在某种情绪中很久，这种固执使她这二十年来都背负着一种虚无的情感生活。正如沈沁雯在职工宿舍楼下对自己所说，万三这个人，或者说这个概念，在一定程度上离散了她的家庭，间接又导致了她父亲的死亡。

万三叹了口气，说："也许是我害的，你要怪就怪我。"

沈沁雯说：“我不怪你，我妈已经跟我说了那件事，是你保护了她。”

万三说：“也许我这样做是错的呢！我那时候年少，全凭一腔热血。我恨我爸，他是个癫佬，我曾经亲眼看见他掰断了别人一根手指，就因为那个人赢了他十块钱。我倒希望他是我开枪打死的，但归根结底，是他自己害死了自己。当很多事情解释不清楚的时候，都是命运在作祟。”

“我妈这个样子也是命运安排吗？”

“我觉得，命运会安排一些事情，但人同样也有改变命运的能力。”

“我去网吧查过渐冻症的资料，说这病一旦发作，会慢慢无法走路、无法吃饭、无法说话，直到生活完全失去自理能力，最后甚至不能呼吸，就躺在床上直到生命结束。该怎么帮她？我想让她活。”

“我也想让她活，她值得活，我们都值得好好活。”万三站起来，拍了拍手，说，“跟我学跳绳吧，运动也许有帮助。当子女的不只是会依赖父母，也可以影响自己的父母。人跟鸡鸭牛羊这些动物都不同，人的幼崽是会反哺的。”

万三又告诉沈沁雯，他在少年时的创伤期，就是一个人不停地跳绳，人不主动去寻找孤独，孤独就不会主动找你。我们只活在此时此刻，又渺小，又那么崇高。工厂里三班倒的工人，医院门口起早贪黑的小贩，洗浴中心做按摩的女郎，在大城市办公楼里像蚂蚁一样进进出出的白领，每个人都有自己的崇高性和局限性，我们都是大社会的一部分，相互融合又相互排异。万物平等。谁也没有资格盛气凌人地去审判他者。懦弱是人生的常态，去克服懦弱是人生恒久的命题。

14. 下辈子当你女儿

李玉梅陷入了与哈姆雷特一样的思考，生存还是毁灭，这是一个值得思考的问题。是默默忍受命运的残虐，还是挺身反抗那无涯的苦难，这两种行为，哪一种更高贵？命运给了她一个难题，它绝非恶意，而是无意，谁都逃不过它的撩拨。

选择生吧，该怎么生？选择毁灭吧，又该怎么毁灭？人在命运面前真的有选择权吗？如果有，我们是否又有对自己命运的解释权？

李玉梅在床上靠了一夜，中途也打了会儿瞌睡，女儿起床后没与她做交流便去上学。她不敢躺下去，因为她已经察觉到她手腕的力量极有可能支撑不起她的身体。每一次躺下，她都怕再也爬不起来。

女儿走后不久，她下了床。今天有点冷，她翻出了女儿去年的旧校服，穿在身上。

她踩着棉拖鞋，扶着楼梯的围栏，一级一级走下楼梯。女儿总忘记关后门，整间屋子凉飕飕的。她走到后门的厕所间，准备洗漱，发现右手已经提不起热水壶。她换成了左手，终于将热水壶提起。本以为水壶里的水是满满当当的，打开木塞一倒，热水都被女儿用完了。

她又走回客厅，出了前门，往外走几步。交关好的面摊热气腾腾，煤炉上烧着一壶热水，蒸汽把壶盖顶了起来，叮叮当当。

交关好见李玉梅这番打扮，老邻居心领神会，赶紧倒了一壶热水给李玉梅送过去。“不够再来要。”交关好继续忙生意。

李玉梅用双手捧着热水壶，回到后门的厕所间，洗漱完后，她准备烧点早饭。一回客厅，发现八仙桌上摆着一碗面，面条上盖着冬笋和荷包蛋。

她拿起筷子，右手手指使不出力来，她偏要把面夹起来，最后呈现的状态宛如孙悟空从花果山第一回来到面馆，双手握着筷子把面条送进嘴里。

面只吃了半碗，汤喝干了。她咬着牙龈，鼓着腮，恨不得把碗给咬碎了。照此下去，生活不能自理，大小便失禁，只有两只眼珠子能转，比死还难受。她一生好动、好强，哪受得了这般屈辱?

她关上门，费了好大的力把锁芯锁住，随后，她去了趟观音庙，双膝跪在拜垫上，对着菩萨磕了三个头。

李玉梅心里默念：菩萨啊菩萨，都说人在六道轮回，这人道我是混不下去了，天道又轮不到我，你菩萨心肠，也不至于让我去地狱道，只求您别让我下辈子投到畜生道，万一做了畜生，别是挨宰的畜生，变一只鹰、变一只豹都好。

拜完菩萨，她接着去了隔壁东塘的基督堂。信徒们做完晨祷从祷告室出来，两位年长的大姐看见李玉梅，便问她是否信耶稣。李玉梅摇了摇头，两位大姐把她领入一个茶水间，要传福音给她。她们说起了耶稣钉十字架又死而复生的故事，耶稣清偿了所有人的罪债，所以信他者都蒙了赦免，死后也能上天堂，吃到圣果。李玉梅说，先不提上天堂的事，太长远了，就问能不能治我的病？两位大姐表示肯定，只要虔诚地信主，什么绝症都能治。李玉梅表示，只要治好我，我一定信。大姐说，你不能跟上帝讲条件，先信才有的治。那不治好我，我怎么信？李玉梅与两位大姐周旋了几个来回。最后她妥协了：我先信一段时间看看疗效。

接着，两位大姐拉起了李玉梅的手，开始念马太福音的祷词：

我们在天上的父：愿人都尊你的名为圣。愿你的国降临。愿你的旨意行在地上，如同行在天上。我们日用的饮食，今日赐给我们。免我们的债，如同我们免了人的债。不叫我们遇见试探。救我们脱离凶恶。因为国度、权柄、荣耀，全是你的，直到永远。阿门。

“阿门——”李玉梅念道。

大姐让李玉梅两天后早上七点来参加主日礼拜，他们的魏牧师很有名，去过中国台湾、新加坡讲道，也去过上帝的应许之地——耶路撒冷，很有眼界。魏牧师讲过，上帝是万能的，人们有病时他会予以救治，圣灵是无处不在的，能让瞎眼得以看见。别恐惧，因为神赐给我们的不是胆怯的心，而是刚强、仁爱、谨守的心。别发怒，撒旦会控制你的灵魂，扰乱你健康的人生。

李玉梅离开了教堂。

她想，去了寺庙求菩萨，又去了教堂拜上帝，等于上了双保险，就看哪一头讲信用，心里不免宽慰了一些。

李玉梅走着走着，路边的文明墙上赫然写着“坚持科学发展观”七个大字。最近《新闻联播》没少宣传，社会要和谐，人民要进步，必须贯彻“科学发展观”这一重大的战略思想。

于是她去了医院，挂了陈广生的号，又对各项身体指标进行了检测。陈广生仍然是那个结论：肌萎缩侧索硬化。陈广生建议李玉梅进行科学治疗，别去烧香拜佛，遂给她开具了处方单：利鲁唑片，一日两次，饭前一小时服用。李玉梅问这药是否能治好她的病，陈广生表示不能，只能缓解症状。李玉梅明白了，就是治不好，但能让她晚点死。陈广生让她多吃高蛋白、富含维生素的食物，如果遇到吞咽困难，就吃小米粥和面条，营养要跟上。如果不放心，再去杭州的大医院看看。

一盒利鲁唑片两千块，她身上所有的钱只够买四盒，即便她想续命，经济条件也不允许。女儿明年要参加中考，上了高中学费就贵了，还得算上伙食费、住宿费。女儿个头长到一米六三，是大人了，衣服鞋子总要漂亮，还得买一些时髦的东西，不然要被同学比下去。

她坐在医院的长椅上，陷入了良久的思索。

她也年轻过，怎么会不懂女孩的心思。记得十八年前她和国根去上海星火造纸厂培训，顺道去了一趟外滩，头一回在百货商场看见一瓶香水，叫史诗女士。两个外国人稍微抹一点在手上，搓一搓，整个人都香了。只是那时候，她和国根都没钱，这种稀罕物只能看看。路上，她还跟国根吵了一架。国根说风油精和雪花膏一样是香的，怎么不卖那么贵？李玉梅说那瓶香水叫史诗女士，这个名字多好听，他一点都不懂。

之后的十几年里，她心里都惦记着那瓶香水。奇不奇？这就是少女的心思，对浪漫的追求是与生俱来的。这世间什么最花钱？孩子要教育的钱，病人要救命的钱，女人追求美的钱。一个好听的名字也是美的，也是值得追求的。万三寄来的那封信里，就有一首送给自己的诗叫《史诗女士》，她以为这是心灵感应，后来国根死后她才知道，诗是国根写的，他也一直记得这个名字。他是爱自己的。

思来想去后，她从药房离开，坐着公车去了桂花西路的商业城。从前厂里的工人要置备什么东西，都往商业城跑。商业城有食品、服装、手机，一应俱全，每家商铺都用铁丝网隔开，跟笼子似的，但客流量很大，周末要到晚上十点才歇业。这几年浙江经济腾飞，民营企业疯狂扩张，财政也跟着上来，市政府出资把整个商业城翻新了一遍，每一层都安了电梯。产品也从清一色的廉价商品慢慢转型，有了一些高档货，尤其三楼靠北的商区，多了好几家金铺和化妆品店。从前店主们把腰包别在身上，从早到晚站在摊位前吆喝，见到人走过来，上到八十岁、下到三岁都要拉进店里。靠得越近的商家，仇就越大，常因为抢客人打起来，上刀子的都有。只有在抓贼这件事情上，大家才分外团结。抓到一个，先揍一顿，挂块牌子，上下三层游街，再扭送派出所。如今这群商家和气了很多，见着客人也不再那么热络，心思都在收音机的股市行情里。这几年上证指数、深证指数涨了不少，传出来不少发财的奇迹。有点闲钱的人一窝蜂杀进股票市场，挣一单生意十块二十块，远没有股价大起大落来得刺激，整个人胃口都被吊起来，哪还有心思做生意？股票专家都说了，中国 GDP 每年涨百分之十，未来中国要赶英超美，股票哪有不涨的道理？专家还打了个比喻，现在的中国股市正在青春发育期，天天都会蹿个头。没承想，遇到了 SARS 病毒，股市大跌，餐饮、房地产、信息设备、家用电器、建筑建材，跟三峡大坝泄水一样，不少人被套牢，生意也没进账，补不了仓，只好割肉离场。直到病毒被控制住了，才止跌反弹，市场的冰与火把小市民的心脏炼得奇形怪状。

李玉梅坐着扶梯上了二楼，想去以前常光顾的一家服装店给女儿买件衣裳，去了才发现，服装店已经转让给别人。她问起原店主的下落，新店主说跳江了。李玉梅问怎么跳江了？她回，跟着股票一起跳下去的。李玉梅不懂股票，厂里以前也有不少人在谈股票，一会儿哭一会儿笑，就跟早些年大家谈气功一样，走火入魔了吧。这个邪教头子就该抓回来枪毙一千次。

李玉梅逛了逛新商业城，有点不自在。她念旧，好多熟脸孔都不在了，年轻人倒是变多了。她想要是女儿以后考不上大学，来这里摆个摊也挺好，她就坐在女儿旁边，两人一起卖卖衣服。要是女儿有对象了，生孩子了，她就给小两口带带孩子，最好是个孙子，倒不是她重男轻女，只是做女人实在太苦了。

想了想，她又忧愁起来，自己撑得到那个时候吗？

她坐着扶梯上了三楼。三楼的装修富丽堂皇得多，来这里逛的人社会身份都相对高些，穿着也得体，女的裙子，男的西装，老的也基本是退休公务员或者老师，派头十足。柜台服务员哪里需要靠眼睛去甄别目标客户啊，用鼻子都能闻出他们身上的钞票味。李玉梅一路逛下来，整个人战战兢兢的，黄金珠宝亮闪闪，跟个驱邪的法器一样让李玉梅躲着走。

正要下楼，她闻到一阵香味，放眼看去，扶梯对面是一家香水店。她头一回在商业城看到香水店。她在扶梯前站了好一会儿，才把脚踩上去。扶梯下到二层后，她又拐个弯坐着扶梯升了上来。上升过程中，她把女儿的校服脱了下来，挽在胳膊上。

进了店，年轻的小服务员招待。“大姐，你买香水吗？”

“我看看。”

在香水店的陈列柜上，香水瓶如艺术品般展示着自己独特的造型，呈现出精致的几何形状。每个棱角被磨得恰到好处，瓶身的纹理细腻，散发出类如琥珀、水晶、玛瑙的色泽。

小服务员向李玉梅介绍起香水，什么花香调、木质调、馥奇香调、水生调，它们的前调、中调、尾调又是什么，以及每款香水的个性和寓意。小服务员把样品香水喷到试香纸上，让李玉梅闻，李玉梅试了这个又试了那个，让小服务员有些不耐烦起来。要不是今天还没开单，她才懒得在这个病恹恹的大姐身上花工夫。

此时，李玉梅看到了一个墨绿色如翡翠般的香水瓶，瓶盖则是金色的，类如建筑物的穹顶。她走近一看，香水的标签牌上写着“史诗女士”四个字。她万万没有想到，过了十八年，她又与它重逢了。

“我想闻一下这款。”李玉梅指着这瓶香水说。

服务员把史诗女士的香水涂到试香纸上，递给李玉梅。李玉梅一闻，有股辛辣的药香，随后气味中慢慢就散出了玫瑰香，有点微甜感。她品不出个所以然来，但她仍旧喜欢这个名字——史诗女士。刚强，霸道，有生命力。

此时此刻，她觉得自己比十八年前更需要这个名字。

“就要这个，多少钱一瓶。”李玉梅决定狠一把，半只手已经摸进口袋。

“一千二。”服务员报价。

“杀猪啊——”李玉梅身子往后一缩，吓得不轻。

“大姐，这个一百毫升的，是进口货，很少的，我们店就卖这个价。你再看看这个瓶子，跟绿宝石一样的，很讲究的呀。”

李玉梅仍旧一脸难以置信的表情。“我家里的风油精才一块钱，跟这个颜色一样的，也是绿宝石。”

“大姐哟，风油精能跟香水比吗？”

“风油精能驱蚊子的呀，你这个一抹上去，蜜蜂、蚂蚁都来咬你了。”李玉梅使用了当年国根对付自己的说辞。

“照你这么说，那你用风油精去好了呀。你想想，男人是想闻香水还是风油精，你说。”

“我干吗让男人闻呀！我自己闻不行啊？都是女人家，讲话怎么——”

“好了好了，你别说了，其他有什么需要的吗？”

“不要了不要了——”李玉梅摆摆手，准备走，走之前还不忘问一句，“有没有折扣？”

“没有，一口价。”小服务员坐回柜台，对着镜子开始画眉毛。

“一千。”

李玉梅咬着牙，把丹田的气都顶了上来。她已经完全被史诗女士迷了魂，脑子里甚至蹦出“就当买个陪葬品”这样的念头，骨灰盒用奶粉罐就行了，寿衣就穿工作服，这钱不就省出来了？这样一想，底气就足了。

服务员有些惊诧，拿起店里的座机给老板打电话请示：哎哎哎，好好好，诚心要。她挂了电话，表示一千块可以成交。李玉梅放下狠话，我这就给你取钱去。说罢她便坐着电梯下去，两条腿发软，心怦怦怦跳。她可从不会这么大手笔花钱，心里还不停游说自己，骨灰盒不要，寿衣不要，烧了撒江里，趁自己还活着，享受一次是一次，死了就什么都没了。起初还有点底气，但当她坐在银行柜台前掏出存折的那一刻，立马反悔，把存折又从业务员手里抢了回来。

出了银行，她吓出一身冷汗，得亏没把钱取出来，否则罪孽深重。本就是贱命一条，可受不住这么大的恩惠。她无非就是想买“史诗女士”这四个字，不值得，不值得。

她又路过商业城，没敢再上去，来回走了两圈，买了两条咸鱼，给自己去去味，免得老惦记那瓶香水。

她坐车回南塘，车上打了个瞌睡，清醒后，身体更无力了。此时已是下午四点，得给女儿准备晚饭。她握了握拳头，恐怕连锅铲都抓不稳。于是她去了职工宿舍。彪哥刚好把摊车推到门口，候着第一拨下白班的工人，他爱人阿霞抱着女儿站一边，手里摇着拨浪鼓。

李玉梅站定在彪哥面前，喊了声“阿彪”。彪哥上下打量了下李玉梅。李玉梅说，求你个事情。彪哥让李玉梅讲。这事说大不大，就看两人的交情有没有到这份儿上。李玉梅让彪哥回家做顿饭，有工钱，但不多，怕女儿知道自己现在做不了饭了，引起她的恐慌。女儿明年升学，不想在这节骨眼上给她绊一跤。彪哥犹豫了下，他说他只会做东北菜，铁定穿帮。李玉梅让彪哥放心，她指挥他做，就借一下他那双手。彪哥请示了阿霞，阿霞倒很仗义，让彪哥赶紧去，摊位她看着。彪哥哎了一声，要跟李玉梅走，想起上回与本地人的争执，于是从摊车下取出双节棍，塞在裤腰带里，用衣服盖起来。

两人去菜市场买了点菜，过了石桥，走进巷子。街坊们惊诧地盯着他们两个看。这两人都是刺头，还不是一个阵营的，怎么走到一块儿了？李玉梅让彪哥放心，谁要是动他，她晚上一把火把他家点了。彪哥说自己不担心，众所周知东北人都是活雷锋，谁跟雷锋过不去？但真要说英雄，还得是你丈夫，为了救人把命都搭上了。

彪哥进了李玉梅家，开始洗菜、切菜。李玉梅在一旁指挥，做了咸菜冬笋、鱼头豆腐、咸鸭腿蒸千张包，还有一碗干菜汤。彪哥做完后，李玉梅给他塞钱，彪哥拒收，马上走了。

沈沁雯放学回来，多带了一根绳子，是万三让她拿回家自己练跳绳用的。一进门，饭菜已经上桌了。李玉梅已经吃过，坐在沙发上看新闻：萨达姆被美国人抓了，他躲在一个昏暗的地窖里，蓬头垢面，两个美军士兵把他按在地上。她切了频道，放点歌台，点歌台正在放邓丽君的《我只在乎你》。邓丽君留着短发，歌声优美，中文字幕下还有日文。

沈沁雯吃了几口菜，看向李玉梅的背影，把筷子放下，喊了一声："妈。"

李玉梅回头看女儿，女儿稍微顿了会儿，还是开口道："这菜不是你做的。"

李玉梅没回答，转头看电视，气氛陷入沉默。

沈沁雯吃完，主动收拾碗筷，没吃完的用纱罩盖起来。李玉梅走过去，看着女儿把碗筷放进水槽，拧开水龙头冲洗起来。

"我来吧。"李玉梅用胳膊肘顶了顶女儿，"你去写作业。"

沈沁雯没回话，拿起白猫洗洁精朝碗里挤，瓶子空了，她遂跑出门去嘉旺副食品店买洗洁精。女儿出门后，李玉梅捧起洗洁精瓶，用牙齿咬住盖子，拧开，接着用拳头打开水龙头，把水灌进瓶子，再把稀释后的洗洁精液倒进碗里。

当沈沁雯买完洗洁精回来，发现地上碎了一摞碗，母亲正用脚把瓷片踢到一块儿。

沈沁雯赶紧走上前，蹲下身，将瓷片一块块捡起来。

母女俩心照不宣，生活的转变总是有个开始。

沈沁雯表现得远比李玉梅想象的冷静，她闭口不谈母亲的疾病，也不商量母女俩日后的分工。她不愿意在母亲面前表现自己的惊慌。自从父亲死后，母女俩的关系总是走到焦灼的地步，沈国根从某种意义上是她们共同的情绪宣泄口。这样的家庭氛围虽称不上美满，倒算稳固。她们在同一时刻都想起了他，关于死者的往事总是会在未来的某一些时刻被唤醒，它在客观世界里是有序的，在情感世界里是无序的，他鲜活的生命并不被死亡所左右，会给记得他的人一种平静而又强大的力量。

并不是所有关于一家三口的往事都不快乐，他们三人曾在某个冬日的清晨一同晒太阳。三把椅子靠得很近，太阳光慢慢攀过房顶，顺着屋檐的瓦片洒落在他们身上，嵌进他们皮肤细微的纹理中。

说了什么都忘了，只记得笑过，那笑声引发的身体的震颤会让竹椅发出嘎吱嘎吱的声音。

“出去走走吧。”李玉梅说。

“好。”

两人漫步到南塘中心的砚池，周围散坐着一些街坊。

李玉梅跟沈沁雯说：“以前你爸就是在这里向我求婚的。他就在那儿，那块石板上，突然就跪下了，从鞋缝里掏出一个金戒指。他让我咬一下，纯金的，说不骗我。我吓坏了，就跑，他就追着，两人差点翻到池里去。你说我喜欢金戒指吗？那我肯定喜欢的呀，哪里收到过这么金贵的东西！他一年四季没一件像样的衣服，能弄个金戒指给我，肯定是喜欢我的呀。我想了想就答应了，除了他，这个地方我还能嫁给谁呀？但我是被架上去了，你懂吗？我耽误了你爸，他是个蛮好的男人，他应该配个贤妻良母，怎么就找了我这么个晦气菩萨。”

“妈，别讲了呀，马上冬至了，我们去山上看看他。”

“冬至了呀，那是要去看他的。我跟你讲啊，上次你说不要把我葬在你爸旁边，你不要当真啊。我想了想，还是要葬近一点的，跟牢他，我就不用当孤魂野鬼了。”

“别说这个了呀！”沈沁雯扭过身，心情烦躁。

“要讲的，我们两个总是要讲的，以后我就说不出话，写不了字了，今天就跟你都交代好了。”

“妈，你要交代什么嘛——”沈沁雯的声音带着哭腔。

“妈妈不想拖累你，人要是废了，真的很麻烦的。你才几岁啊，挡得牢这种苦的呀？要死的人受罪，活着的人更受罪。妈妈又不是没看到过这种事情。要是真到了那一天，你怎么办?”

“不会到那一天的呀——你现在不是好好的嘛!”

“我现在剥个花生都剥不了，没用场了，接下去不知道哪个地方又要坏，你背着我去读书啊? 上了高中，你要走得远一点; 上了大学，你又要走得更远点。你不走，你哪来的人生? 很现实的问题，只不过我们要早一点面对。”

“妈——”

“哭什么哭? 你等我说完，我又不是明天就要死了，我还想活呢! 我只是给你打个预防针，要是真遇到什么事情，你就顾你自己，你把我当一只猫或者一只狗，养在家里，有一顿吃一顿，没一顿就饿一顿，心肠要狠一点。”

“妈，我不会放下你，你命这么硬，不会有事情的。”

“我能多撑几年就多撑几年，死我倒不怕，我就是想多看看你。但怎么说，你该放下还是要放下，我的命是天抢走的，你抢得过天啊? 再讲了，死了要么去天堂，要么去投胎。我要是投胎了，下辈子我做你女儿，我们不就又在一起了? 你想想是不是不亏的?”

夜色笼罩南塘，今夜没有月亮，待两人的脸孔都隐匿在夜色中，母女俩终于安心让泪流下来。李玉梅的颧骨凸，泪痕是半圆形的; 沈沁雯的面部扁平一些，呈卵形，两行泪水滑落到下巴尖，撞到了一起，产生了一丝瘙痒。

当下，母女俩既要受到往事的牵绊，又对未来感到惶恐，夹在中间无所适从。风来了飞沙走石，云来了暴雨如注，要么躲着，要么扛着，甘苦与共，并非人人都是春风化雨下那生命力旺盛的野草。

15. 告别过往人生

几乎整个南塘的居民都得知李玉梅患了渐冻症，电视新闻上从没介绍过这种绝症，只听说这种病很罕见，得了就要死，死之前会像植物人一样。

起初大家倒不觉得这病有多可怕，当有人提及这病可能会传染，人们就开始惶恐起来，毕竟SARS刚来过了，SARS来的时候全世界都不太平了。当事情一旦与自己产生联系，人们就从同情转为厌弃。要不然永盛怎么把她开除了？要不然她家怎么每天大门紧闭？一时间，阴谋论四起。人若因愚昧蒙蔽了自我，那些后天养成的慷慨、怜悯、奉献、理解等品质就会自动隐藏起来，不会那么无目的地释放。

晶都旅馆的麻将馆里，牌友又议论起李玉梅。在人们对李玉梅固有的偏见中，她从一个病人，变成了病毒本身，最后又变成一个杀星。克死丈夫，又要克死自己，接下来说不准有多少条人命要送在她手里。当他们谈论这些时，丝毫不慌，反而口舌长出了性腺，唾沫飞射，高潮迭起。

花姐斜靠着棋牌室的门框，双手交叉，一只脚用脚尖点地。

“照你们这么说，李玉梅就该死咯？”花姐打断了他们的谈话。

牌友们这才注意到花姐，她先前没一点声响，一张口着实把大家吓了一跳。

“哟，花姐，怎么不声不响的，跟倩女幽魂一样的。”一个牌友摸着牌，习惯性跟花姐开玩笑。

花姐没心思开玩笑，今天这话题不合适开玩笑。

“我问你们，李玉梅是偷了你家的米，还是在你家放了火？我看你们一个个讲话都没个轻重的吗？”

“花姐，好了咯，现在哪个不是这么说的，万一是真的呢？我们也要为自己的安全考虑。‘非典’那次，我们这里的鸡鸭狗猪都杀光了，损失不到你头上，你讲话是轻松喽。”那牌友敲了敲烟盒顶的铝箔纸，弹出一支烟，叼在嘴里，点了起来。

花姐从门框上直起身，走进去，抢过那牌友手里的烟，把火星掐灭在一张幺鸡上。“李玉梅是你们南塘的人吧？不是牲畜吧？跟你们有仇还是怎么的？谣言是要杀人的，你担得起责任吗？”

那牌友也杠了起来。“你怎么证明我说的是谣言？有的毛病是要传染的呀，调查清楚对大家都好，别弄得你到时候生意做不下去，还怪我没提醒你。”

另一个牌友附和道：“是啊，你一个外地来的，就少管我们的事情，茶水泡好，瓜子摆好，我们也老客人了。”

花姐夺过烟灰缸，啪的一声反扣在麻将桌上，把整副牌推散。

“你脑西搭牢啦？我这么好的一把牌，要‘三财飘’了。”那牌友气得脸变形，马上把牌面推倒让大家做证，“是不是要‘三财飘’了？”

“你脑子才让门夹了，别以为我听不懂。”花姐开始轰人，“不做了，不做了，别来我这儿打麻将了，滚去老年活动室。”

“不打就不打，你迟早染上毛病。”几个牌友悻悻然站起来。

“你咒我是吧？滚滚滚，去跟政府举报去，早点把李玉梅抓起来。”花姐掏出裤兜里的手机，翻开盖，啪的一下拍在麻将桌上。

“别以为我不敢打。”

“你打，你打，不打你是孙子。”

那人摆出打110的架势，大拇指将按不按拨号键，见花姐不为所动，又把手机拍回麻将桌上。

几人横着眉离开。

万三走进旅店，那牌友见花姐的相好来了，故意往他肩膀上一撞。

万三疑惑地走进棋牌室，见花姐把麻将毯从四角往里折拢，整副麻将被她扔进房间的矮柜里。

“出什么事了？”万三问。

“麻将馆不开了。”花姐没好气。

“为什么不开？不是挺热闹的吗？”

“我就看不得小鬼在我这里和牌。”

万三不语。

花姐走到万三跟前，用食指戳了戳万三的胸口。“我问你，李玉梅算你的老相好吧？作为你的老相好，你是不是得讲点情义？”

万三不好回答，他和花姐都对对方有点意思，就隔着一层窗户纸，谁也没捅破。花姐为人讲情义不假，但妒忌心是女人与生俱来的，他不知道花姐到底打了一张什么牌，摸不出是筒子还是条子，是吃呢，还是碰呢？他一时间拿不定主意。

“别磨磨叽叽，快说。”花姐追问，见不惯万三总是一副狐疑的模样。

万三犹豫了一阵后，说：“她出了事情，我是要帮的。”

“这才对吧，你这才是男人嘛！”

万三的牌出对了，花姐脸上舒展出笑颜，她提醒万三：“你是聪明人，不用我教你怎么做吧？以后你可得把李玉梅看好了。”

“唉——”万三答应。

花姐拍了拍万三的肩膀，准备出门。临走前还嘱托万三看着旅馆，晚上不要收客。万三看着花姐出门，心里有些担忧，也不敢追随她而去。

花姐没走两步，又返回到万三跟前。她整了整万三的衣领，踮着脚，探过脖子，用牙齿咬断万三衣领上那根蹿出来的呢绒线。她鼻腔里呼出的气息湿热了万三的耳垂。一阵悸动后，万三便没那么担心了。

这一天，花姐四处求医问药，跑了好几家私人诊所。她不懂这个渐冻症的原理，但她曾经在按摩店见识的人多了，有一定江湖经验，通过人脸上细微的表情就能判断对方是不是在扯谎。什么探照灯、激光仪，也只能骗骗那些治梅毒和尖锐湿疣的患者。一日下来，她都没能找到治李玉梅的方子，于是便在一家旅馆住下，准备明日再去一个曾经一起工作的小姐妹推荐的中医馆看看。

万三坐在晶都旅馆招待厅的沙发上等到凌晨两点，往常他总是在这里与花姐聊天，聊彼此过去见过的人，甚至是一些已经死去的人。通过梳理他人的命运线，从而解读自我的命运，这种迂回的探索方式能在一定程度上减轻他们面对自身命运的胆怯。每个人的命运线都不是平行的，而是会在某个时空交织，他们俩的线似乎要交缠到一起，又似乎有微微触碰然后各自弯向别处的可能性。

他一整晚没给花姐拨一个电话，无聊中打开抽屉，翻出花姐的账本看起来。他在账本的最后一页看见一个男人的画像，这男人跟自己有三分相像，脸形歪歪扭扭。于是他拿出一支笔，在那人的额头上点了一颗痦子，这下与自己有七分像了。

万三把账本放回去，特意在最后一页折了一个角。然后把旅馆的门关上，上楼睡觉。

翌日，万三醒后一直盯着窗户上的海棠玻璃。玻璃上的霜花在冬日的暖阳中缓缓收缩，凝聚成水滴，顺着海棠花的纹理流下。他的注意力一次又一次聚焦在水珠落下的时刻，每次的等待时间比上一次更长，直到玻璃变得干燥且粗糙，并呈现出时间在玻璃中刻下的划痕。几乎所有南塘的住户都用这个款式的玻璃，恍忽中，他仿佛睡在年少时期的房间。他想起父亲不那么暴戾的时候，就喜欢坐在窗边看报纸。当然，父亲总是从报纸上搜寻各种利于他进行犯罪的信息。有时候父亲会得意，兴许是看到谁家卷帘门被撬，丢了一批铝合金，盗贼至今逍遥法外。他怀疑父亲并不是多么喜欢偷鸡摸狗，他只是擅长做这个。现实就是一个剧本，有人要做警察，就有人要做贼。父亲只是恰好拿到了贼的角色。

朦胧的影像逐渐真实起来，真实到能看清父亲脸上的毛孔，还有那颗长在额头上的痦子，和自己一模一样。当他找到父子之间血肉上的关联性，父亲似乎没那么可怕了，兴许父亲就像卡尔维诺笔下那个被大炮轰成两半的子爵，一半是坏的，一半却是好的，只是父亲好的那一面在他死后才出现。他总有一种预感，父亲并未真正死去，而是在他精神中的某个角落搭建了一只茧房，等待某一天破茧而出。

想着想着，万三有了退租的倾向，他想从晶都旅馆离开，回自己家，与父亲的幽灵共存，甚至能勇敢地向他展示自己的伤痕。

万三起身，推开窗，双肘支在窗棂上。他看见沈沁雯背着包从巷子里走过，当她走出巷口后，李玉梅也走了出来，步履蹒跚，走一会儿就要用胳膊在墙上撑一下。

她的状态比之前更不乐观了。

万三披上夹克，戴上一顶毡帽，匆匆下楼，远远跟着李玉梅。

李玉梅先是走到了离工厂大门三百多米远的一座仓房边。他看着她，她看着一群穿着工作服的工人们朝着工厂鱼贯而入。工厂的大钟准点敲响，共八下，栖居在四周的麻雀已不再被声音的振荡所惊扰。听完钟，李玉梅往北走，去了寺庙。寺庙香火缭绕，许多香客正在进行捐赠，要把庙里的汉白玉观音像再塑一下。李玉梅拿出五十块钱，寺庙的执事把李玉梅的名字写在了一张红色的功德榜上。

事后，李玉梅坐着三轮车又去了东塘的基督堂。她从挎包里翻出一本《圣经》，台上是一个年轻牧师，修完神学后来这座教堂实习。牧师让大家翻到《旧约》的《以赛亚书》，开始讲道。老牧师教导过年轻牧师，牧师除了在神的话语上扎根、多读经祷告之外，还要有与社会一同进步的态度，多带领信徒为国家祷告。

李玉梅听得昏昏欲睡，她更愿意听老牧师讲道，尤其是分享一些治愈疾病的见证，多数信徒如果不是因为家族信仰，多半是遇到了困难或是疾病才来信靠神。老牧师的法力总比小牧师要高，李玉梅这般想，在寺庙里道行高的和尚，火化后能炼出更多的舍利子，牧师应该也一样吧。

从教堂出来后，李玉梅就去了商业城。这次她只敢躲在远处看那家香水店，等到上回接待她的服务员离开，另一个服务员来店里顶班的时候，李玉梅就装作新客，要闻一闻“史诗女士”的香味。

跟踪了李玉梅几次后，万三基本掌握了李玉梅的固定行踪，观音庙、基督堂、商业城香水店。她每次都只闻那一瓶绿色的香水，好像那是一种缓解疾病的良药，让她整个人的精神状态好了许多。店员见李玉梅每次来只闻不买，对她十分腻烦，索性不搭理她。有一回，两个店员为了捉弄李玉梅，见她来了，特意去一楼的冷鲜店买了一条咸鱼，让李玉梅带走，以后别再来了。

李玉梅感觉自己受到侮辱，拿起咸鱼要打人。争执过程中，那根冰冻后的鱼尾巴就像一把锯刀，在小店员手臂上划开一道口子，血顺着店员的手腕流了下来。

李玉梅慌张地把凶器朝地上一扔，准备跑，奈何腿脚没力，被一个女店员一套擒拿手，按倒在地上。

女店员把往日积攒的火气全撒出来，双腿钳住李玉梅的身子，朝她甩了两巴掌。李玉梅叫喊着，腾动身体，抽出手臂想打回去，胳膊却软绵无力，任由对方揪着自己的头发在地上撕扯，如一条受尽屈辱的母狗。

围观者越来越多，只是看着，没人上前拦阻。他们多半觉得是抓到贼了，用点私刑不过分。

万三挤开人群，将店员推开，护住李玉梅。李玉梅钻进万三的怀里，号了几声，额角的血渍沾在了万三的胸口。受伤的店员露出流血的胳膊，向围观群众解释："这女人有疯病。"

万三掏出手机要报警，李玉梅制止。小店员有些慌，也不想把事情闹大，提议和解，她说："你以后要来就来，我不赶你了，别哭了，我也伤了，扯平了。"

说罢，女店员从口袋抽出一条丝巾，走进店里，拧开香水瓶，往丝巾上倒了两滴香水，拧成一团，弓着步，伸直了手递给李玉梅。李玉梅没伸手。小店员以迅疾之势把丝巾塞进李玉梅领口，权当是赔偿她了。

万三搀起李玉梅，围观人群敞开一条道，他们从中走过，坐着扶梯下楼。李玉梅全程眉宇紧锁，不吭声，手心紧紧攥着那条丝巾。她并没有将它视为她被羞辱的物证，反而十分珍视，鼻翼微微张开，让香水味沁入她的伤口。

静默中，李玉梅突然对万三说："我演的。"

"啊？"

"我说我刚才演的，假哭。什么三教九流的人没对付过？看她年轻，让着她罢了。"

万三觉得李玉梅不像是演的。"那你演得也太好了，比斯琴高娃还好，能拿金鸡奖影后了。"

"你别跟我女儿说。"李玉梅又补了一句，"任何人都别说。"

"好，我不说。"

两人从商业城大门走出，这条路上车流拥堵，尤其是桑塔纳，轿车上的人开着窗，抽着烟，不时停下向路边的摊贩买东西。路边停满了三轮车，卖水果、气球、烤红薯、炒货的都有。隔壁是中医骨伤科医院，患者家属都挤在医院对门的快餐店吃饭。快餐店墙上的铁架上放着一台电视，中央台正在播篮球比赛，姚明披着火箭队的球衣正在对抗洛杉矶湖人。

两人坐在快餐店，两素一荤，一份五块。万三盯着电视看得入神，姚明持球进入禁区，运用灵活的脚步晃开大奥尼尔的防守，起身扣篮时被奥尼尔撞倒在地。隔壁桌有个手臂缠着纱布的中年人说，姚明根本就不该去美国，留在上海称王称霸多好，美国那帮球员阴招太多了，这么打下去迟早受伤。万三回了一句：人往高处走，水往低处流，有机会肯定是去世界的舞台，矮子里的将军就是矮子，巨人里的矮子还是巨人。那人回了一句，你懂篮球吗？胡卫东就住我舅舅家隔壁，他就没去美国。万三回，胡卫东厉害是厉害，但真打不了美职篮。

眼看两人要吵起来，李玉梅用胳膊碰了碰万三，万三不再搭腔了。接着，李玉梅又小声问了万三一句："范志毅怎么不去外国打篮球？我经常听国根说起他。"

万三愣了一下，回："因为范志毅是踢足球的。"

"噢，明白了。姚明是打篮球的，范志毅是踢足球的，鸡蛋、鸭蛋，不是一个蛋。"李玉梅说，木愣地与万三对视了一眼，两人没忍住笑了出来。

"国根挺不容易的，娶了你这么个老婆。"万三拧开一瓶汽水，喝了一口。

"他呀，现在阴曹地府哈哈笑，半夜看比赛也不用被我管了。"

"什么阴曹地府啊？国根肯定是去天堂了。都走了，就别咒他了。"

"别管上了天还是下了地，要跟我碰头了，我还是要管他。"

万三立马严肃起来，他看着李玉梅握着勺子，颤巍巍地把菜舀起来往嘴里送，说："李玉梅，问你个事，这病你真没打算再治疗吗？"

李玉梅把勺子放下。她说:“你看我的样子，还有的治吗？一瓶药两千块，我能吃多久？而且我打听了，这药只是让我晚一点死，也晚不了几个月。”

万三把李玉梅餐盘里的勺子拿起来，舀起一勺，往李玉梅嘴里喂了一口。“药还是得吃，万一有用呢？你就不想看雯雯长大，结婚生子?”

“想啊，怎么不想，世事不遂人愿。”万三想再喂李玉梅，李玉梅把勺子夺下，尽量把脸往下靠，这样吃起来省力多了。“你跟我半天了，也看到了，菩萨也拜了，耶稣也拜了，就看神明帮不帮我了。至于女儿嘛——”

“你讲——”

李玉梅停顿了会儿，郑重其事地说:“万三，我是运气好的，遇到你和国根这两兄弟，你们一个救了我，一个收了我，都是我的福星——你再帮帮我，万一我以后没了，你看牢我女儿，好好引导她。你从小是什么样的人我清楚，你的心是干净的。”

万三长吁一口气。“那时候同学们都躲着我走，就因为我爸是个渣子，只有你和国根不怕我。你放心，你女儿我会帮，你我也会帮。你跟国根走在一起是上天的安排，你和雯雯这辈子做母女也是注定的。我哪，以前就是一只船，漂走了，现在回港了，不打算走了。”

“你回来也是注定的事情?”李玉梅赧然一笑，“你真的是来帮我们家的。”

两人用完餐，往老渡口走。渡口在一九九八年已经停运，成为一个观光景点，取而代之的，是一座长达三公里的跨江大桥，将南北车流贯通。几只铁船靠在浅滩上，断开的缆绳结依旧绑在岸边的墩子上。这几只船已是风烛残年，船身的铁片被风雨和污染气体锈蚀，艞板被拆开丢弃在岸边，气盛时，一只船可以一次性载两辆中巴车，连装满沙石的卡车都压不沉它。

万三和李玉梅走到渡口边的小卖部，两人要找国康橘汽水。店主睡在躺椅上，歪着脸，闭着眼，一只脚搁在另一只脚的脚踝上，脚底板脏兮兮的，像一个悠然自在的罗汉，一时让他们搞不清自己是一个来购物的顾客，还是一个来寺庙祈福的香客。与其说他姿态安详，不如说是安然，宛如睡在母亲的子宫里。

翻遍饮料筐，也没找到国康汽水。李玉梅拉着万三出门，她说她知道哪个地方有。

于是，李玉梅跟万三走上渡口的石阶，叫了一辆三轮车，三轮车师傅载着两人去了西站。西站门口围着一道铁皮栏，贴着告示，通知市民车站年底拆除，改建农贸市场。新车站要搬到北面，增加了几条长线，去沈家门的，去义乌的，还有去永嘉县的……时过境迁，这座小城与外界有了更亲密的联系。千禧年后，抛开经济活动，人们也开始渴望去拜访异地他乡，从上面的线路图看，就好像打了几个情人结。

他们买了去诸暨的车票，万三曾在诸暨中学做体育生。车行驶至路程的一半，那儿有片湖，湖边有个小村庄，村庄的入口处是一家小卖部。它曾经是一家供销社，门口种着一株悬铃木，主干苍劲，枝干虬曲，叶片枯败，撒落一地。

李玉梅带着万三下车，他们走到小卖部。店家是个老妪，穿着一身方襟旗袍。李玉梅记得她，曾经她也穿旗袍，讲着上海口音，如今发丝白了，皱纹缠满了眼角，但气质风韵犹存，宛如胶片里抹不去的底色。

她也记得李玉梅，曾经她还是个十来岁的小姑娘，为了见学校的恋人，会在这个陌生的村庄停留，买两瓶橘汽水，再抱着瓶子跑到他的学校去。她之所以对李玉梅印象深刻，是记得那时候的她有一股怎么也使不完的劲，而自己是因为下乡运动从上海来到这儿，嫁给了一个自己不爱的人。无论是学历还是眼界，两人都不匹配，终究是被一些不可名状的事物捆绑住了。

时隔二十多年，两个女人又见面了，彼此都没说穿，更无寒暄。

老妪看见她和万三后，理解了什么，却又理解错了，仅是从柜台后的塑料筐里拿出了两瓶国康橘汽水，递给李玉梅。

李玉梅和万三离开村庄，两人走到大路上，这条大路依旧如二十多年前一样风尘滚滚。

万三问李玉梅：“她怎么知道你要买汽水？”

李玉梅只是看着前方的路，目不转睛地看着二十年前的自己正在尘土中拼命奔跑。

16. 召唤父亲的魂灵

怎么快乐怎么活吧！李玉梅和沈沁雯正在看中央电视台的《动物世界》，李玉梅忽然有了这个想法。电视里正在介绍一种断尾袋鼠，脸胖嘟嘟，嬉皮笑脸的，旁白说，它看上去是世界上最快乐的动物。

“一只老鼠都过得这么快活。”李玉梅不禁感叹。

“妈，那不是老鼠，那是袋鼠。”沈沁雯向李玉梅解释，并用勺子舀了一勺饭，饭粒均匀地沾着红烧肉的汤汁，喂到李玉梅嘴巴边。

李玉梅的双手已经没了基本的握力，她张开嘴，嚼了几口，用含混的口气说道：“我知道，长着口袋的老鼠。”

《动物世界》又放起下一种动物，一只南极企鹅把肚皮贴在冰面上滑行。

沈沁雯说：“企鹅我见过，去年秋游的时候，学校组织我们去动物园，一个讲解员跟我们说，一只企鹅要卖三十万。”

李玉梅咂巴一下嘴：“菜市场的鹅肉卖十块钱一斤我都嫌贵。”

“妈，企鹅不是鹅。”

“那是什么?”

“是一种生活在南极的……鹅吧。”沈沁雯也说不好企鹅到底是哪个纲目的。

“那不还是鹅嘛。”

“好好好，张嘴巴——”

喂完饭，李玉梅表示要吃茶，顺带抱怨了几句交关好的红烧肉炖太咸。沈沁雯把碗端到八仙桌上，提起桌子上的大搪瓷杯。搪瓷杯的杯底沉淀着毛尖，今年春季李玉梅去山上采的，准确点说，算窃，这些茶树是山上寺庙里的和尚种的。她把茶叶采来后，用手压在铁锅里炒、搓，待水分蒸干，叶片卷曲，再用塑料袋包起来。他们一家三口就用这一只搪瓷杯，取小半两茶叶，撒到杯里，用开水一冲，当水喝。每每谁下了班，放了学，首先进门往嘴里灌两口解渴，喝完再用开水冲，直到把叶子泡烂为止。

沈沁雯把搪瓷杯端到李玉梅面前，李玉梅眼珠还盯着电视看，不留神地喝了两口茶，嘴唇沾上了一片茶叶。她呸的一下，又把叶子吐到杯子里。

洗漱完碗筷后，沈沁雯就去门口跳绳。近期她训练得十分刻苦，一直回想万三教给她的诀窍：放松肩膀、手臂和手腕，不要向上跳得太高，只要保持绳子在身体正上方即可。双脚要同时着地，尽量保持节奏感，再慢慢提速。跳着跳着，她的背部弓起，速度也越来越快，一次都没有绊脚。跳累了，她就回屋里往喉咙里灌几口茶，一片茶叶沾在唇边，她也呸的一下把茶叶吐到杯子里。

母女俩一个德行！对了，沈国根也这样。

李玉梅跟后脑长了眼睛似的，严肃地提醒了一句："跟你说了多少遍，不要把茶叶吐到杯里。"

"知道了。"

沈沁雯继续跳绳，她羸弱的身体蕴藏着惊人的爆发力，姿态轻盈，气息平稳，每一次摇绳几乎都没有碰到地面，为了更好地跳绳，她甚至剪短了自己的头发。万三早已察觉沈沁雯在跳绳这项运动上有卓越的天赋，就问沈沁雯喜欢跳绳吗？沈沁雯说谈不上喜欢，但她知道她擅长这件事。她觉得跳绳是孤独者的运动，可以让她间歇性失忆，忘掉自己的身份，忘掉发生在她身上的所有事情，只让身体说话。

万三惊呼，你是个天才啊，你这个就是佛教说的"无我"的境界。沈沁雯问什么是无我境界。万三说，无我就是以宇宙或更高维度的角度为中心来思考，在这种境界下，我们不再使用诸如"我以为、我认为、我觉得、我过去的经验告诉我、我的直觉告诉我"之类的表达方式，而是放下一切关于"我"的思考。

沈沁雯没明白，她只记得万三对她的承诺，只要她跳得好，元旦晚会上就让她成为节目的核心，这样一来妈妈就高兴了。万三说不只如此，我还要带你去比赛，成为市冠军、省冠军，甚至全国冠军，你会有一个了不起的前程。这既有关万三对李玉梅的承诺，也是他从这个孩子身上看到了自己的影子，能做她的教练从某种意义上是对自己的救赎。

天色暗下来，家家户户亮起灯，每一扇窗只照亮门前一隅。沈沁雯的听觉在此时却格外灵敏，她能听见老章裁缝店里夫妻俩的争吵，听交关好正在面馆里把猪油熬成油渣，听见阿忠理发店的电推子正在客人的头皮上吱吱吱振动，听见时代音像店门口的电视机里响起枪声，听见莲友寿品店里徐莲友正对着天尊像念经，听见花姐倚靠在晶都旅馆的门口，发出了一声婉转且绵长的叹息。

她唯独听不见自己与母亲的声音，她们母女仿佛生活在另一个空间里，与周遭的一切都隔绝开。

她跳得筋疲力尽，坐倒在门槛上，双手抱着膝盖。

李玉梅打着瞌睡，电视正在放广告，醒来后膀胱涨痛，对着门外喊："我尿急了。"

沈沁雯站起来，走进屋，从楼梯下端来一个痰盂。痰盂上印着一簇牡丹，还有个囍字，是李玉梅与沈国根结婚时置办的。沈沁雯五岁前都在这个痰盂上拉屎拉尿，坐的时间久了，一站起来，痰盂便会吸住她的屁股蛋。

沈沁雯把痰盂端到李玉梅面前，她扶起李玉梅，脱下她的裤子，再掐住她的胳肢窝，把她轻轻地稳稳地放在痰盂上。

李玉梅让沈沁雯背过去，她尿了很久，尿液打在痰盂内壁的声响并不急促，尿完后，她试着自己站起来。

咣当一声，李玉梅整个人与痰盂侧翻到地上，尿液打湿了她的裤腿。

沈沁雯赶紧将李玉梅扶起来，抽了两张纸，擦拭她的屁股、阴道和大腿根，再帮她把裤子提上。李玉梅这才发觉，才一觉的工夫，自己的腿筋就跟被抽走了一样，站都站不稳了。

沈沁雯让她坐在沙发上，李玉梅不肯坐，怕弄脏沙发。她弯下腰扶着沙发前的茶几角，颤颤巍巍站着，又盯了眼呆愣在原地的沈沁雯，如一头凶横的母狮大吼一声："还不快给我去拿裤子啊——"

沈沁雯憋着泪，端起痰盂走开，随后上楼拿了一条棉裤下来，费了很大的劲儿才帮李玉梅穿上。

李玉梅坐在沙发上，胸口一起一伏，胸腔里似乎装着一座火山，随时要破膛而出。

"你想看什么电视，我帮你调。"沈沁雯低歪着头，不敢看李玉梅的眼睛。

"我自己不会按吗?"李玉梅仍然保持着粗重的口气，"站着干吗？把遥控器给我。"

沈沁雯把遥控器拿给李玉梅，放在李玉梅平摊的手掌上。她的大拇指关节已经弯不下去，尝试了许久都没成功，甚至连把遥控器砸到地上的力气都使不出来，索性把身体往后一仰，遥控器从手掌上滑落，摔到了地上，电池滚到了沙发底下。

沈沁雯趴下去，把胳膊伸进沙发底下，把电池取出来装上，然后对着电视按频道。"这个看吗？不喜欢？这个呢，中央六套，放《湘女萧萧》。这个，妈，你快看，陈佩斯在吃面呢！你不是最喜欢陈佩斯吗!”

李玉梅一句话没回，眼睛对着天花板上的木纹，瞳孔涣散。

沈沁雯用手在李玉梅眼前晃了晃，李玉梅虹膜立即收缩，直勾勾地盯着诧愕的女儿，以一种哀怨的语气问道:“我怎么就把你带到这人间来了?”

沈沁雯抹了一把眼泪。“这不怨你，你不是也到这人间了吗!”

“难受吗?”李玉梅冷冷地问。

“难受——”

“难受就对了，人间就是受罪的。”

“你别说了，大家不是都这么活着吗，没办法的事情。”

“那不一样，你生在我家了。你怎么不生在孙有贵家、刘光明家? 都比生在这里好啊——”

“我也不想生在他们家。”

“你今天晓得了吧，我有多难弄了，比那种要死的阿太阿公都要难弄。我连一泡尿都撒不好，比猫狗还要不如了。”

李玉梅从对女儿发横转为对女儿惋惜，她不仅控制不了自己的躯体，也控制不住自己的情绪了。她当然也担忧自己阴晴不定的情绪会惹怒女儿，会让她像上次一样离家而去。她只有女儿一个人了。

“没多大事，你不是说了嘛，这不是一辈子的，你活一天，我就照顾你一天。”沈沁雯拿起一块呢绒毯盖在李玉梅身上。

李玉梅用手腕撑了撑身子。

“你别动了，休息一下吧。”

“我是只动物呀，动物总是要动的。”

“你别发脾气了以后。”

“你怕了？”

“不是怕，发脾气对你不好。”

李玉梅神游了一会儿，思绪飞往未知地找寻某种回答。“我现在浑身上下没有一块骨头是好的，我也不晓得什么时候能让我们舒服地睡一觉。你记不记得你小时候养过一只猫，后来它吃了老鼠药死了，你哭了好几天。你爸怎么跟你说的，他说这只猫已经六岁了，不年轻了，本来也没几年好活了，所以死了也不用可惜。它是一只不受管的猫，太野了，连喂都不用喂，自力更生，它从来都没有家的概念，跟我们也不亲，所以死了也不用太伤心。再一个呀，它这么聪明，能抓老鼠，能上树，能跟别的猫吵架，总有点本事在身上。它比十二生肖都要厉害，又是老虎的师傅，有九条命，它只是在不停地转世投胎，如果这条命不好，它就换一条命。老鼠药很可能是它故意吃掉的，所以它死了我们要祝福它，是不是？”

“妈，我不是傻子，听得出来。你不是那只猫，你是我妈。我就你一个亲人了，你不要这样了。现在七点半了，早点睡吧。”

李玉梅笑了一下。“我站不起来了。”

“我知道。家里还有多少钱？我给你搞一辆轮椅。”

“存折老地方放着，账号、密码你都知道，这个家你做主了。”

李玉梅想起之前与女儿订的协议，以及后续母女俩的纠缠，她郑重补充道，“这回是真的你做主。”

“我知道了，这个家我做主了。今天你睡沙发上吧，我给你把被子拿下来。”

“我现在还睡不着，等小品看完了再说吧。还有，我喜欢的不是陈佩斯，是朱时茂。”

“我知道，朱时茂的头发比陈佩斯多。”

沈沁雯把李玉梅的双脚抬到沙发上，接着上了楼，把被褥和枕头抱了下来，给李玉梅垫上，再盖上。接着，她把痰盂端到后门的厕所，用刷子刷干净，再端过来放在沙发边。

李玉梅情绪稍微稳定下来，她让沈沁雯把衣架上的那件夹克盖在被子上。

沈沁雯把夹克盖在李玉梅身上，问：“你要是想办什么事情，就跟我说。”

“我腰那边痒。”

沈沁雯把手搓热，伸进被褥，给李玉梅挠，才发觉母亲已经瘦了一大圈，有点像巷子里那条饿得凸着一排脊椎骨的老狗。

“好了好了，不痒了。”

沈沁雯看着被被褥包裹的李玉梅，她就像一个襁褓里的婴儿，吵过闹过，现在终于安静下来了。

沈沁雯随后走到八仙桌边，从书包里拿出作业本，开始写作业。章小帆把自己做的笔记借给了她，她打开笔记，里面夹着一张字条，上面画着一个哭脸和一个握紧的拳头，旁边写着“加油”二字。

她把纸条对折，塞进了自己的作业本里。接着她撕下一张纸，画了一个笑脸，也写上“加油”二字，夹在章小帆的笔记本里。

李玉梅看着电视节目，思绪如一列逆行的火车，一直往记忆的深处开。一扇扇模糊不清的车窗里，那些人、事、物，不停放映着。他们越来越年轻，甚至能从坟墓里爬出来，获得新的生命。

“你过来——”李玉梅突然喊道。

沈沁雯放下笔，走了过去。“怎么了？哪里痒了，还是要尿尿？”

“你去把徐天师叫过来。”李玉梅说。

电视屏幕陷入一片漆黑的场景，李玉梅的脸孔也藏进了阴影里，只有一个眼窝是亮的，另一只瞳孔变得无限深邃起来。

“怎么了？”沈沁雯避开了那只黑暗中的眼睛。

“我想让她把你爸叫来，我有话要问他，你去跟她说。”

沈沁雯静默了一会儿，回了一声“哎”。

她一直认为徐老太那一身的道术不过是唬人的把戏，坊间总是在传，她能治病，能灵魂出窍，能招魂，甚至能和牛头马面、黑白无常搓麻将，四方的人畜鬼神都要敬她三分。可她不一样拱肩缩背、发秃齿豁，据说她还有严重的肝病，自己都医不好自己。

沈沁雯从抽屉翻出一只手电筒，往上推了一下开关，没亮。她握紧手电筒往另一只手掌上拍了两下，灯亮了，光线微弱地闪动起来。

她走出门，拐到了那条漆黑的窄巷，地面两侧插着一些烧光的香，仍有些烟味弥散在空气中。这时，她的手电筒彻底没电了，犹豫了许久，她仍没敢走进去，只是远远地喊徐老太儿子吴世昌的名字。“世昌伯伯——世昌伯伯——”

吴世昌拉开木门，站在阴影里，犹如一个从地面立起来的影子。“进来进来。”

沈沁雯迈着迅疾的步伐小跑过去。徐老太家没有装节能灯，屋内天花板与墙壁的夹缝处吊着一盏散着黄光的钨丝灯。整个房间烟雾弥漫，徐老太坐在八仙桌前，正在将一沓符纸折成一个多边形的片儿。

吴世昌自顾自走到电视机前，坐在徐老太常坐的摇椅上，看起影碟机里的《十二大美女》(台湾唱片，发行于一九九六年)。这是从时代音像店租来的，就是一群穿着泳装的女人站在舞台上唱闽南歌，有独唱，有合唱，同时扭动着白兮兮的身体。

徐老太的眼睛现在已几乎看不见，只能听到歌声，打了四十多年光棍的吴世昌这才敢把这张碟租来。某些时候，他也在等待母亲死亡，又或者是等待她哪天修成了仙，离开这人间。他打算把这间几乎已经成为道观的屋子收拾一遍，把三位天尊请出去，把用五色的石子嵌在地上的八卦给撬了。他认为之所以如今自己孤身一人，就是因为“道”，甭管《道德经》里讲的“形而上者谓之道，形而下者谓之器”，他不懂高深的道理，他宁愿做个器，也不想再钻研道了。南塘几乎所有的女性都不愿与他来往，也没有女人敢坐他那辆拉过尸体的面包车。道士又不是和尚，不是不能近女色。他曾经相过一次亲，是个湖南人，还把那个女人带到家里。母亲徐莲友一见面就问姑娘的生辰八字，掐起指头算卦，女人往后就再也没敢来。如今，吴世昌一心只想开一家冷饮店。他出去办业务时，常瞒着母亲去一片山楂林采山楂，再去山脚边的农户家讨点蜂蜜，制成冰棍，放在面包车里那只装冰块的木箱里，再开到学校门口去卖。这一条街道的人都知道他的本行，没人敢买，所以他只敢开到隔壁的片区，甚至是公安局门口。等哪天母亲“羽化登仙”了，他也尽孝了，可以光明正大地做这些事，赚够了钱，再娶个老婆，在被窝里做些没羞没臊的事。每每想到这儿，他就精神抖擞起来。

有一回他和伙计出去拉尸首，伙计在副驾驶位上突然对他说，你有白发丝了。伙计推测道，你妈会不会在吸你的阳寿？这让吴世昌不安了好些日子，连吃饭都不敢跟母亲坐一桌，而是捧着碗坐到面包车的驾驶位吃。车厢必定是要洗干净的，不能有一丝死人的气味。

沈沁雯冲着徐莲友佝偻的腰背说：“徐奶奶，我妈找你。”

徐莲友以一种悠长而沙哑的嗓音回复道：“我晓得她要找我的，我跟你过去。”

一只黑猫跳上了桌，踩住了一张符。徐莲友挥了挥胳膊，把猫赶了下去。

徐莲友又问道：“玉梅身子怎么样了？”

沈沁雯不愿描述母亲疾病缠身的状态。“你去看看就知道了。”她回答道，随即又走到徐莲友身前，问，“徐奶奶，你能救我妈吗？”

“生死悠悠尔，　气聚散之。”徐莲友站了起来，把长凳往后一推，喊了喊吴世昌。“别听了，听也听不灵清唱什么，带上东西跟我赶一趟。”

吴世昌叹了口气，扶着把手站起来，走到电视前取出影碟机的光盘，放进光盘盒里。他捡起落在地上的道袍，漫不经心地披在身上，腰带也不系，接着走到楼梯下的矮柜处，挽起一个装着法器的竹篮子，类似屠夫去某村民家杀猪的行头。

行头准备完，他上前扶住徐莲友的肩，带着她跨出门槛，再将徐莲友背在身上，关上门，小跑向李玉梅家。

到了李玉梅家，吴世昌将身体缓缓竖直，徐莲友从儿子身上滑了下来。此时，李玉梅已经坐在了八仙桌旁。

李玉梅见徐莲友来了，冷切而非殷切地恳求道：“徐阿太，我要跟国根说说话。”

徐莲友走到李玉梅身边，眯了眯李玉梅，探她的气息，那一对比夏蚕还肥厚的眼轮转动了一下。“晓得的，晓得的，交给我办。”

随后她斜着头望了望儿子吴世昌，吴世昌会意，从篮子里拿出一块印着八卦的黄布，往上一抖，平铺在八仙桌上，接着放上烛台、龟壳、罗盘、铜盘、瓷碗、胭脂盒……然后，吴世昌从篮子里拿出三座天尊像：元始天尊、灵宝天尊、道德天尊，分别置于房间的西北角、西南角和东南角。

布置完毕后，徐莲友坐在长凳上，伸出手摸了摸李玉梅的额骨，呼唤吴世昌点蜡烛。火苗蹿起后，她拿出一张符，点燃，双指夹着燃烧的符纸在空气里转了两圈，放入铜盘，在符纸即将燃烧殆尽时，用一只小瓷碗盖住。

沈沁雯看着眼前的场景，心里不免惊慌，假使母亲真的见到了父亲，她会问丈夫什么问题？她不敢多想，于是便走出门等待。屋外黑魆魆的，远处还有狗吠声，叫得她心烦意乱。于是，她只身来到职工宿舍的夜市摊，在彪哥的摊位上坐了会儿。她向彪哥打听起黄毛的情况，已经好些日子没见到他了。彪哥说，黄毛去安徽找他父亲了。他父亲已经失踪半年，也不知道是真的失踪，还是在那里组建了新家庭，又或许，被沉入了浮光跃金的巢湖里。

对于父亲，黄毛总是满不在乎，却又一直在寻找他的下落，找着找着，自己也失踪了。

一小时后，沈沁雯走回家。家里的门是开着的，徐莲友和吴世昌已经不见了，没留下任何来过的痕迹。李玉梅躺在沙发上，在“襁褓”里酣睡，静悄悄地吐纳着平稳的气息。沈沁雯已经记不清自己是否真的去过徐莲友家，是臆想症吗？还是父亲真的跨过了阴阳两界的结界，在一片沼泽地里与母亲相遇，给了她在人间无法得到的回答。

17. 是依赖而非羁绊

李玉梅用脚指头夹起裤腿，血液顺着大腿根流到小腿，在脚踝停留了一阵后渗在地上。当她感觉到下腹坠胀、胸部疼痛时，她已经料到是月经来了。

女儿去上学了，屋里没其他人。身体已丧失一半运动能力，无法穿衣、扎头发，以及把雪花膏涂到那张干皱的脸皮上。她越来越像个没有性别的动物，却没有杜绝月经，身体仍“慈悲”地保留着她生殖器官发育成熟的标志，证明她仍有怀孕的能力。

人这种动物，抛开个人意志，真能“死皮赖脸”活在这世界上。经潮的到来，对百无一用的自己而言真是莫大的羞辱。

茶几上摆放着一碗薏米粥，粥里插着一根吸管，还有一盘切成块的已经逐渐氧化浮现出褐色斑点的香蕉。遥控器被胶带固定在茶几腿上，她用脚指头一踩，便可切换频道，调整音量。女儿已经尽力为自己考虑周全。

李玉梅也没想到月经会在今天来，提早了两天，量还不少。卫生巾放在厕所的脸盆架上，即便她能爬过去也无济于事，看来阴道里的肌肉不归渐冻症管，黏稠感袭遍全身，让她坐立难安。

流到地上的经血很快就干涸了，血块很浓，表面光滑，可以反射电视机的光。

她等了很久，女儿没有准点到家。这一天过得焦虑难安，咽喉时不时发出一阵阵声音，也没吃一口食物。她从未想过自己会有一天如此依赖女儿。

《新闻联播》的主题曲响了起来，七点了，她甚至开始恶意揣测女儿是否真的想抛下她，每想到此，她就愤慨、恐惧、担忧、心悸。倒不是惜命，而是害怕无人爱她。她很少思考爱的意义，这是娇弱的女人才会做的事。当下，她把爱当灵药，虽救不了命、治不了病，但强过阿司匹林，能镇一镇痛，尤其是心里无法言说的痛。

“妈——我回来晚了。”沈沁雯推开门，把脖子上的围巾往墙上的钩子一挂。万三也跟进门，把一辆生锈的轮椅抬过门槛。

“你看我给你带了什么礼物?”沈沁雯小跑到李玉梅身边，笑盈盈地说道。倏地意识到“礼物”一词用得残忍，便马上收起脸上的笑意。

李玉梅没搭话，板着脸，如一个怄气的孩子。

“怎么了?”沈沁雯朝地上一看，这才注意到地上的血迹，是妈妈来月经了。“妈，对不起对不起。我跟万三去旧货市场了，找了一辆轮椅，有点锈，就把它拉到河边擦了一遍，又去换了两个轮胎。”

李玉梅朝地面蹬了一脚。“你不会先死回家看看我啊?”

李玉梅的声音是嘶哑的，喉咙的肌肉似乎也受到了疾病影响，这一声责备已无法字正腔圆，毫无震慑力。

“对不起，妈——我马上给你换。”

万三出门回避。

沈沁雯着急忙慌跑去厕所拿卫生巾，又跑上楼翻出一条干净的内裤，再折回厕所用脸盆接水，端过来。她把母亲的裤子脱下，颤巍巍地用毛巾擦拭她的下阴。

“冷死了——”李玉梅喊。

沈沁雯又跑到灶头提热水壶，浇到脸盆里，用手晃匀，再下毛巾，挤干。

“这样呢，还冷吗？”

李玉梅只躺着，扭过头不说话了。

擦拭完后，沈沁雯把卫生巾贴在内裤上，给李玉梅穿上，又给她换了一条更厚的棉裤，整条棉裤的腰围大了一圈。接着，她开始擦洗沙发，血液已经渗到棉芯里，擦不干净。她跑上楼扯下自己的床单，铺在沙发上。拖鞋也有血，地上也有血，她跪在地上，用抹布搓掉血块，搓着搓着，她的眼睛就湿了。

李玉梅垂下头看女儿。沈沁雯马上转过去，掩住自己的表情。

“你等我会儿，我去给你弄碗面。”她匆匆走出门。

“玉梅没事吧？”万三拉住沈沁雯。

“你问这个不觉得很笨吗？有事没事你自己没看见吗？”沈沁雯带着哭腔，疾声厉色。她甩开万三的手，去了万顺面馆。“面能煮多软就多软，鸡蛋把它烧成蛋汤，其他料帮我切碎。”

“哎——”交关好见沈沁雯涕泪交垂，没敢上去安慰，也顾不上其他客人的面，赶紧按她的要求忙活起来。

万三一只脚踏进门，盯着李玉梅形销骨立的背影看了会儿，似乎能望见她那张凄然的脸庞把五官都消融了。

他旋即跑向晶都旅馆，此时花姐正在前台对着梳妆镜画眉。

“我今晚就搬回去。”万三掐住花姐的眉笔尖。

“确定了吗?”

“确定了。”

花姐把眉笔抽回来。“还来吗?”

万三先是眼神飘忽了一下，随后铿锵有力地回答：“来——”

花姐粲然而笑。

“我得把我房间里的钢丝床搬走。”万三说。

“怎么啦，恋床?”

“不是给我睡的。”

花姐懂了万三的意思，不作盘诘，说：“你想从我这儿拿什么都可以。”

万三向前跨了一步，一把将花姐搂在怀中。这是他们相识以来第一次拥抱，他的胸腔紧贴着她丰腴的胸脯，那种柔软度给予他无限温柔。花姐的下颌扑进他的脖颈，眼睫毛眨动了一下，在他的耳垂上引起一阵瘙痒。

两人好像有许多话要说，又似乎什么都不用说。他们对彼此的情感是相埒的，无须再沉默，也无须慷慨。

分开后，万三的双手握着花姐的肩骨，“跟我上楼。”他说。

于是，花姐把散开的头发一盘，将眉笔插进发髻里，陪同万三上楼，进房。她将床单和被褥抱到隔壁房间，扔到空床上。万三则托举起钢丝床的中段，将床折叠。两人一前一后，把钢丝床抬下楼，朝着李玉梅家走去。

进了屋，沈沁雯正在给李玉梅喂食。她咽肌无力，脖颈也比昨日更僵硬，沈沁雯喂几口，就得用纸巾给她擦下巴。沈沁雯看见万三和花姐抬着钢丝床进来，她的目光朝着逼仄的房屋四处扫视了一番，指了指灶台与八仙桌中央的位置。万三把钢丝床抬过去，花姐与他各抓一边，将床展开，随后往中央按压了几下，床有点晃，检查后是地不平。万三转了转头，从灶台处抽出一只纸板箱，撕开一片，垫在床腿上。他指示花姐跟他再把八仙桌往门的方向抬过去一些，让空间更宽敞些。

万三拍了拍手，与花姐相视而笑。沈沁雯看了他们一眼，嘴角也一弯。

李玉梅捕捉到女儿的这个表情，问：“你笑什么呢？”

沈沁雯说：“没什么，给你铺了一张床，以后你睡床上，我睡沙发，我守着你。”

李玉梅回过身瞥了万三和花姐一眼，只嘟囔了一句。“费那么大劲干吗，装棺材里最合适。”

万三踱上前，说：“政府都下文件了，棺材都要没收。”

“那就给我装盒子里。”

花姐拿来一把梳子，弯下腰，把李玉梅松垮的发髻解开，耐心地为她梳开毛躁的发丝，重新用皮筋扎好。接着，她抽出头上的眉笔，给李玉梅画起眉毛。花姐一边画一边讲：“我看你现在这个样子，真的是被冻住了，唯独冻不住你这张嘴。别咒自己，乐观点，回头我常来找你，有什么要帮忙的吱一声就行。”

李玉梅问：“画完了吗?”

花姐说：“好了。”

李玉梅殷切道：“给我看看。”

沈沁雯放下面碗，跑到门边，把挂在日历旁的镜子取下，用袖子擦了擦灰，接着跑回去给李玉梅照。

李玉梅终于笑了。

沈沁雯跟着松了口气，指了指镜子里的李玉梅。“妈，你看，还是美的。”

李玉梅对着镜子左右摆了摆脸，说：“这妆容还蛮像王熙凤的嘛!”

李玉梅最喜欢《红楼梦》里的王熙凤，精明、强干、泼辣、狠毒，又有旺盛的生命力。她觉得女人就该这么活，眼瞅着镜子里憔悴的面容，怎么林黛玉的气质就出来了，心理上也变得敏感、忧虑、狐疑、自卑。

“妈，再吃点，啊，张开嘴。”沈沁雯如同哺育一个孩子，只要妈妈一高兴，嘴巴就张得更大。

吃完饭，他们四个一起看了会儿电视节目。中央台正在放《大宅门》，李玉梅指了指白文氏，告诉沈沁雯，她外婆和斯琴高娃长得一模一样。片尾曲一出来，万三和花姐准备走了，沈沁雯将他们送到门口。万三还想跟她再交代几句。

“元旦晚会已经安排好了，我看过节目单，我们班的节目在最后一个。到时候你等我指令，上去跳就行。”

“要不还是别了吧，我怕刘燕不高兴，刘光明又找你的麻烦，他这人你不是不知道。”

“别担心，顶多就是唠叨两句，你听我的就行。到时候把你妈带去，她肯定高兴。”

沈沁雯回头望了望屋里的李玉梅。“好吧——”她答应。

沈沁雯回到屋里，烧热水，给李玉梅擦拭脸、腋窝、后背……妈妈又瘦了不少，脊椎骨把皮囊顶出一个个包，像蛇骨。接着，她给李玉梅泡脚、刷牙，用牙签给她剔牙。李玉梅感觉舒服多了，困意也来了。

铺完床，沈沁雯把李玉梅扶到床上，盖好被子。

母亲躺稳后，沈沁雯把灯关了，打开充电电筒，趴在八仙桌上写作业。李玉梅歪过脖子，眯着眼看女儿，自己这一病，女儿怎么一夜间就长大了呢？

写完作业，沈沁雯从书包里拿出随身听，把一只耳塞塞进左耳里，音量开大。她听谢霆锋的《世纪预言》，里面有首歌叫《香水》，她特别喜欢。

李玉梅问：“在听什么呢？”

沈沁雯留意到母亲抬头，她摘下耳塞，戴上助听器，走过去。

“我问你在听什么？”李玉梅重复道。

“《香水》。这歌叫《香水》。”

“《香水》？给我听一下。”

沈沁雯跑回去，拿来随身听。

“上来听。”李玉梅说。

“哎——”

沈沁雯坐到床上，脱下鞋子、外套，小心翼翼钻进被窝。钢丝床不大，仅有一米三宽，她们的身体贴到一起，有点陌生感。沈沁雯的脚不小心碰到了李玉梅的脚，李玉梅稍侧点身，用两只暖和的脚包住女儿冰凉的脚。

“妈，你不怕冷吗？”

“我都渐冻症了，还怕什么冷。”

沈沁雯往里挪了挪，一只手搭在李玉梅身上，彼此身体的陌生感顷刻间消失了。

她把一只耳塞塞到李玉梅的耳郭里，一只塞在自己的耳郭里，长按倒带键，倒至歌曲开头。

两人听着音乐，沉沉睡去。

18. 我的硬茬母亲

二〇〇三年十二月三十一日，一元复始，万象更新。南塘大剧院的舞台已装点完毕，彩带、灯光、幕布、音响，一应俱全。刘光明是本次晚会的策划和监工，这个差事没人敢接，主要厂里有点分量的干部都清楚，晚会是办给董事长看的，而不是办给当地居民和工人看的，节目要投董事长的喜好。自古以来琢磨老大的心思不是易事，要是把晚会办砸了，轻则训斥，重则调岗。

刘光明就此事认真研究了一番，董事长办公室里虽装裱着名贵字画，但他毕竟是流氓出身，不像宋徽宗喜欢诗情画意，更像是朱元璋，骨子里还是草根。草根最喜欢气势与排场，不会因为阶级跃迁带来全方位审美的蜕变。他专门给董事长本人安排了一个节目，唱《精忠报国》，再拉来厂里一帮面容姣好的女工做伴舞，音响都用的进口货，中间的好处自然不用多说。

孙有贵对刘光明的安排甚为满意，赏赐是少不了的，承诺他办好了官升一级，再托关系把刘光明的女儿弄到全市最好的高中。刘光明就差磕头谢恩，终于了然明朝皇宫里为什么有十万太监，贫苦家庭出身又不懂四书五经的百姓挤破头去阉房，不就是为了平步青云，宦官也是官嘛。厂里的工人私底下喊自己“刘公公”他是清楚的，起初他表现得极为躁怒，恨不得脱下裤子，以证男儿身。现在，坦然多了，尚方宝剑在手，地位有了，票子有了，老二也在，夫妻生活和谐，家庭美满，羡慕死那帮乌龟王八蛋。

晚会六点半开始，附近商贩闻风而来，在剧院门口搭起了炸货摊、衣服摊、炒货摊、玩具摊。几个从河南新野县扒火车路过此地的耍猴人，也在门口敲起了铜锣。彪哥带着一众工厂子弟占领了几处战略要地，随时起火升烟，准备狠狠赚一笔，好安心回东北过个年。

晚会将至，工人们陆续走入剧院，本地居民拖家带口前来捧场。剧院共有一千两百个座位，几乎座无虚席。外来员工还是本能地聚在一个片区，与本地居民保持一定身体与心理的距离。晚会还未开始，剧院里聊天的聊天、嗑瓜子的嗑瓜子，搞对象的年轻男女工搂抱在一起，孩子们在过道中央追逐，又跑到舞台上。抽烟的、喝酒的、吵架的、放屁的，什么人都有，什么味都全，人间百态，全聚拢一堂，宛如一个野生动物园。

刘光明和董事长女秘书站舞台上，刘光明拿着话筒测试：喂喂喂、喂喂喂，拍两下，又吹两口气。女秘书作为晚会主持人，穿着一袭红裙，踩着十厘米的高跟鞋，躲在帘幕后边，即便冷得打战，她也要管理好仪容，彰显出气质，光是口红的色号就试了七八种。定完妆，她开始温习台本，字斟句酌：尊敬的董事长……尊敬的各位领导……敬爱的董事长……敬爱的领导——她在“尊敬”和“敬爱”两个词之间拿不定主意，就跑过去问刘光明。刘光明说，董事长用敬爱、领导用尊敬就行，一定要有所区分，对董事长一定要有爱。

万三领着班级学生也到了剧院，演出人员统一坐前面，在快轮到自己的节目时，从舞台左边的入口上后台，再从右边的出口下来。万三给学生们强调，不要紧张，你们父母都在台下看着你们呢，一定要好好表现，知道吗？学生们答，知道了。万三再叮嘱，上台前记得检查自己的鞋带有没有绑好，别摔了，要保证不出一点错误。知道了，学生们答。

他们一个个穿着校服，把绳子别在腰上，唯有刘燕穿着裙子，周末特意跟刘光明去商业城买的，蓬蓬的。万三犹豫了一下，还是把刘燕拉到一边，讲，你这个裙子容易把绳子绊住，回家去换一身吧，大家都穿校服呢，别搞特殊化。刘燕不答应，今天自己可是压轴明星，她清楚这是自己的爸在董事长那边当牛做马换来的福利，她凭什么妥协？总之没的商量，也不跟同学们坐一块儿，就兴冲冲跑舞台上找她爸去了。

刘光明一见女儿，脸笑歪了。刘燕提醒他，可别跟那个女秘书走得太近，你看，妈就坐那个位置，乌黑眼珠盯着你。刘光明弯下腰，捂着女儿的耳朵说，别乱说，给我一百个胆也不敢。一个你妈、一个董事长，我谁也得罪不起。

刘燕笑了，她就爱看她爸又能办事又屃兮兮的样子。

这时万三走上台，把刘光明拉到一边。

“李玉梅那个事可以办吧?”万三想再确认一遍。

“你放心吧，我请示过董事长了，能办，他不是冷血无情的人。再说今天来了很多大人物，搞这样一出，不也是给他添光彩嘛。”

万三笑了。“刘哥，真有你的呀——”

“算什么事嘛!”

万三下台，找到沈沁雯。“走，接你妈去。”

两人从大剧院离开，跑向南塘小巷。沈沁雯跑得飞快，身上涌出源源不断的能量，前两天下过雨，她跑得裤腿上都是泥点。

两人进了家门，花姐正好给坐在轮椅上的李玉梅化完妆。她身后还站着阿忠师傅，他用一把火钳将李玉梅的头发烫出波浪，李玉梅脑袋噌噌噌冒着烟。沈沁雯乍一看，还以为她妈在修炼什么内功。

李玉梅一照镜子，满意，让沈沁雯给阿忠师傅拿钱。阿忠摆摆手，说:“都老邻居了，别客气了，以后你再想烫，喊我一声就行。”

沈沁雯问阿忠:“小毛呢?”

阿忠说:“狗儿子又不知道到哪里骑摩托车去了。”

沈沁雯兴奋地对李玉梅说:“妈，我们走吧，晚会就要开始了。”

万三把李玉梅推到门槛处，几个人合力把轮椅抬起来。路上家家户户都关着门，全去大剧院了，毕竟这是大剧院建成后第一场盛会，热度不亚于看春节联欢晚会。

到了剧院门口，他们与彪哥碰面。彪哥让他们等等，他给他们煎个饼，新学的。彪哥的鸡蛋就跟不要钱似的，一个一个打在铺在铁鏊子上的面饼上，再用烙铁棍摊匀，中间包一根油条，把面饼一卷。彪哥让他们看见阿霞就传个话，里面音响声太大了，对女儿耳朵不好，让她早点带女儿回家。

几人接过煎饼，烫呼呼的，相拥着走进大剧院。

万三把李玉梅推到边角第一排的座位前，后面坐了彪哥的几个小兄弟，穿着厂服，似贴身保镖，茶水、蜜饯、花生仁都备足。彪哥交代过了，照看好李玉梅，要跟保护皇太后一样，他们谨记在心。

随着一阵高亢的背景乐起，女秘书走向舞台中央，昂首阔步，舞台下时不时传来口哨声，离开了工厂，工人们也就不拘束了。

舞台正前方坐着公司的一众高管，桌上摆着写着身份的名牌。孙有贵坐中间，穿着一身皮衣，领口围着貂毛。他问坐在右边的一个市场部经理，公安局的陈副局长今天怎么没来？经理说，已经请了，人家铁面佛，请不动。孙有贵说，你下次就报警，说厂里少了一批货，请他们来查，再想办法设宴款待，线就搭上了。经理竖了一个大拇指，说，明白了。

女秘书开始致辞：“敬爱的董事长、尊敬的各位领导、各位亲朋好友，大家晚上好。首先，我代表永盛纸业全体向您致以最热烈的新年祝福和最诚挚的感谢。在这特殊的时刻，我们欢聚一堂，共同迎接崭新的一年，共同庆祝过去一年来所取得的辉煌成就。回顾过去的一年，在董事长的坚强领导和各位领导的悉心指导下，我们厂不断攀升，蓬勃发展。正是因为诸位的智慧和勇气，我们才能战胜各种困难，实现了许多令人瞩目的成就。感谢诸位给予我们的信任和支持，使我们得以迈向更高的峰顶。在新的一年里，我们将继续秉承团结、奋进的精神，努力工作，开拓创新，为永盛的发展贡献自己的力量。相信在董事长和各位领导的正确引领下，我们必将取得更大的成就，谱写更加辉煌的篇章。”

全场掌声。

刘光明站在一边，探头探脑，时刻注意着董事长的龙颜。

气氛上来了，女秘书的信心也来了。“现在，有请永盛纸业集团股份有限公司董事长孙有贵先生上台致辞，并为我们献唱《精忠报国》。”

掌声再起。

孙有贵上台，接过麦克风，拿出一张演讲稿。开始致辞：

尊敬的各位员工，大家晚上好！

作为永盛纸业集团股份有限公司董事长，我感到非常荣幸能够站在这个舞台上，与每一位勤劳、敬业的员工以及南塘的各位父老乡亲共同欢度我们工厂的新年晚会。

首先，我要向全体员工致以最诚挚的感谢和最热烈的祝福！正是你们的辛勤付出和默默奉献，才使我们的企业得以稳步发展、不断壮大。过去的一年里，我们共同面对了各种挑战，在团结协作、努力奋进的精神指引下，取得了令人瞩目的成绩。感谢你们的辛勤工作和无私奉献，你们是永盛纸业最宝贵的财富！在这个新年晚会上，我们不仅是同事，更是一个大家庭。让我们共同分享快乐、增进友谊、追求卓越。我相信，只要我们团结一心、齐心协力，就能创造更加美好的明天！

致辞完，音乐响，孙有贵握着一只拳，跷着尖头皮鞋，跟着音乐的节奏踏动，开始献唱。不过工人们的注意力都集中在他身后的伴舞上，上去伴舞的，清一色都是刘光明精挑细选的未婚女青年。

沈沁雯不跟同学坐一起，就坐在李玉梅身边。李玉梅腰背酸疼，沈沁雯用手帮她来回搓，每个指关节都要扭一下，再拔一下。几个好事的同学佯装经过，想亲眼看看绝症患者长什么样。

章小帆跑过来把同学全部轰走，同学们像一群鸭子碰碰撞撞地跑开。

第一个节目是诗朗诵，女秘书拿着夹着诗稿的文件夹，把胸部又挺高了两寸。孙有贵放下杯子，双手叉在胸口。

女秘书："为大家带来一首诗歌——《纸韵颂歌》。"

在永盛的车间舞台上，

燃起了创新的火焰。

领导的智慧如同墨水流淌，

指引我们书写未来的篇章。

筛网、压光、切割、包装，

每个环节都需要默契的协作。

他们身躯挺拔，目光坚定，

纸纹交织，铺展开辉煌之路。

纸浆润泽着奋斗者的手掌。

我们是造纸艺术的大师，

以智慧雕琢出企业的辉煌。

我们的魄力如同纸张般坚韧，

勇往直前，不停奔行。

在这纸海中，我们扬帆起航，

使企业画卷绽放壮丽的景象。

纸韵凝聚着工人的心声，繁荣欢歌，闪烁辉煌。

工人阶级的风采如纸般华美，

驰骋在永盛造纸集团的广阔天空。

台下不断传来“好好好”的叫声，不愧是高才生，诗写得就是高级。孙有贵很满意，挥手招来刘光明，叮嘱他把这首诗印成海报，每个车间门口都要贴一幅。

台下的李玉梅也颇有感触，回想起自己在车间工作的日日夜夜，幻听着卷筒纸在造纸机上压制的声音。她不舍昼夜付出了那么多勤劳的汗水，怎么人说倒下就倒下了，说被逐出工人阶级就被逐出了。究竟自己是被疾病打倒了，还是这炎凉的环境让她无处容身。想到这儿，她不免伤感，觉得自己轻盈而单薄，宛如一个纸片人。

下个节目是个小品，叫《工人阶级有力量》，刘光明也是演员之一。小品讲述了一个工人因操作不当，手被卷进了压力机，工厂的领导干部开会商议，要把爱和温暖送到工人家里，结尾通过领导之口告诉观众，国务院于二〇〇三年四月二十七日，正式颁布《工伤保险条例》，将于二〇〇四年一月一日正式实施。领导特意向员工解释了什么是工伤保险条例，就是指劳动者在工作中遭受意外伤害或患职业病导致丧失劳动能力或者死亡的，劳动者或其遗属从国家和社会获得物质帮助的一种社会保险制度。厂里会坚决贯彻国家方针，给每一位员工上工伤保险。此外，从新年开始，村集体的土地分红会比往年更高，坚决做到户户落实，绝不贪污。

领导和村支书发完言，全场掌声雷动。

沈沁雯听了，激动得双眼放光，连忙跑到刘光明身边。“刘叔叔，我爸还有的赔偿吗？我妈得了这个病，也有赔偿，对吗？”

刘光明扭捏了一会儿，说：“这个条例二〇〇四年一月一日才实施，以前的事都不能算，而且你爸厂里已经给过补偿了。”

“那我妈呢？”

“你妈这不算工伤。”

“怎么不算工伤？就是工伤。”沈沁雯急得跺脚。

“再说了，你妈已经不是厂里的员工，工伤保险从下个月开始缴纳。”刘光明把沈沁雯往回推了推，“去，去看好你妈。别担心，我会想办法的啦。”

沈沁雯愤愤不平地踩了刘光明一脚，疼得刘光明“斗公鸡”。

沈沁雯准备去找孙有贵讨个说法。正当她走到孙有贵的会议桌前，准备一掌拍下去时，万三从人群中冲出，双手架住她的胳肢窝，将她拉走。

万三把沈沁雯架到墙角。“沈沁雯，我警告你啊，别惹事，今天的场合不合适。”

沈沁雯推了万三一把，刚要逃，又被万三拉回来。她质问万三：“凭什么大家都有保障，就我妈没有保障？”

“这个事我后面再跟你解释，你别忘了，你今天是来让你妈高兴的，别让大家都收不了场。”万三指了指李玉梅，“你看看她，再看看你。不要去改变改变不了的事，要冷静去思考未来，让它朝着你想改变的方向走。明白了吗？”

沈沁雯愤愤地回了声：“明白了——”

“快去坐好。其他事情交给我。”

沈沁雯走回座位，快快地盯着孙有贵，宛如一只雏鸟从一只老鹰身边飞过。孙有贵看了沈沁雯一眼，沈沁雯眼神中的杀气瞬间都缩到了瞳孔深处，连一向彪悍的母亲在他眼里都是颗螺丝钉，生锈了就丢弃一边，自己又拿什么力量与这台庞大的机器对抗？而在这台大机器后面也许还有更大的机器，总有崭新的零件按照等级次序为他们所用，按照他们制定的规则运转，按照他们某一个随便冒出的想法而失去对生活的控制权。

晚会继续进行，表演者多为工厂子弟。他们多从异乡漂泊到此，始终找不到一种与当地人融洽相处的方式，享受的待遇也不如当地居民，唯有在舞台上，他们毫无拘束地展现着个性。有西北厂工打鞭杆的、东北厂工演赵本山小品的、江西厂工唱弋阳腔的、湖南厂工唱梯玛歌。他们带着各自故乡的民俗给这个新年前的夜晚盖下一个个戳儿，视这场演出为找回尊严的方式，生猛遒劲。

章小帆的父亲章大明也连哄带骗招来了越剧团来演出，以帮越剧团拉业务为由，得到了越剧《梁山伯与祝英台》中的梁山伯一角。他们此次演唱的选段是《十八相送》，章大明穿着褶子，斜领、宽袖，文着散枝花纹，头戴盔帽，脚踩靴鞋。祝英台演员女扮男装，与章大明穿着相似的服饰，只是年龄上与章大明相差甚远。不论章大明嘴窝、鼻窝、眼窝、耳朵、下颌、颈部拍了多少定妆粉，也掩盖不了他松弛而老化的皮肉，与梁山伯的气质极为不符。

台下传来一阵嘘声，几个章大明的老熟人也不客气地起哄，喊起了“滚下去”。

祝英台一手挥动折叠的纸扇，一手做出手势，唱：

书房门前一枝梅

树上鸟儿对打对

喜鹊满树喳喳叫

向你梁兄报喜来

章大明踩着轻盈的云步，做出丢袖的手势，唱：

弟兄二人出门来

门前喜鹊成双对

从来喜鹊报喜讯

恭喜贤弟一路平安把家归

他一开嗓，声音柔婉细腻，辗转缠绵，姿势洒脱庄重，温文尔雅，丝毫不逊于越剧班的专业演员祝英台。台下观众听了他的唱腔，这才收起嘘声，在有江南灵秀之气的胡琴声中，渐渐沉浸其中。

唱毕，梁、祝向台下鞠躬谢礼。

章小帆在出口处等他爸出来，而章大明在后台迟迟不肯离开。越剧团班主并没有赞赏章大明一句，只是招呼演员们收拾行头，司机在外面等着，今晚得尽快赶去绍兴，明天上午在安昌还有演出。

章大明靠着墙慢慢滑坐到地上，身上已没有一丝底气再去越剧团讨个闲差。他太老了，就像一条十岁的老狗，不适合做越剧演员了。原以为放下电工的测电笔就能拿起小生的折扇，结果两样都丢了。对于这场演出他用尽了心与力，把灵魂榨成了浆水，换得一场轰轰烈烈又彻彻底底的毁灭。

越剧团坐着中巴车离去。

章小帆走进后台找了一圈，没找到父亲，只有一身梁山伯的戏服摊在地上，莫不是他真的化成一只蝶飞走了？

女秘书宣布本场晚会最后一个节目。“接下来，由南塘中学初三二班的同学们为大家带来花样跳绳。”

“走走走，快快快。”万三清点完学生，领着同学们走上台。

沈沁雯经过李玉梅身边，蹲下身。“妈，你可千万要看仔细啦。”

“我看着呢——”

万三拍拍沈沁雯的肩，沈沁雯最后一个跑上台，一个踉跄，差点摔倒。学生们站列整齐后，朝观众鞠了个躬。

万三挥手示意，音乐响起，学生们跳跃而起，绳子发出嗖嗖的声音。他们连续完成侧跳、交叉跳、蛇形跳等动作，在舞台上形成奇妙的图案。

刘燕走到跳绳队伍前，做出与队伍不合的舞绳姿势。刘光明觍着脸向孙有贵介绍：“董事长，我女儿。”

由于刘燕的蓬蓬裙翘得太高，绳子总钩住裙子，导致她失误多次，舞姿也显得窘迫。接着她一个旋转，把自己整个人绊倒在地上，招致观众和同学们的嘲笑。她一赌气跑下台，结束了自己窘态频出的表演。

万三朝着沈沁雯一挥手，沈沁雯从队伍中跃出。她吐了口气，把绳子摇到后脚跟，握紧绳柄，弓起背，抬起脚跟，以迅疾之势跳跃起来。她的左右双脚交错踏步，膝盖每次都抬升至同一位置。她的速度越来越快，绳子似乎已消失不见，只有舞台上的射灯打在绳上形成的光晕将她包围。

此时，李玉梅的呼吸急促起来，女儿的频振似乎劈开了时空，传导至自己身上，随即而来的，是一股热浪袭遍全身。它们越来越快、越来越热，身体上的每一处“活塞”都在剧烈振动，好像要一股劲儿倾尽所有的生命力。

万三急忙用手拍地，沈沁雯这才停下来。

全场只有零星掌声，大多数人站起来愣了会儿后又坐下了。

沈沁雯收起绳子，随着队伍下台，一下瘫倒在母亲的轮椅边。母女俩握住手，手掌都是滚烫的，掌纹中的生命线在此时紧紧缠在了一起。

晚会接近闭幕，女秘书在台上不停地朝刘光明挥手。刘光明这才反应过来，踉踉跄跄地跑上台。

接着，他掏出一张单子，单手一甩，借风力把纸张铺开，念起了昨天晚上改了一夜的词：

感谢董事长、各位领导干部、各位公司同僚、各位父老乡亲，今夜我们欢聚一堂，度过了一个难忘的夜晚，对来年也有了更热切的期盼。晚会马上就要结束了，在结束之前，永盛集团准备发起一个爱心活动，以帮助南塘居民李玉梅女士。所谓风雨同舟、肝胆相照，李玉梅女士作为曾经永盛纸业大集体的一员，兢兢业业，为集团立下汗马功劳。虽然李玉梅已经离开集团，但我们始终跟她肩并肩站在一起。考虑到李玉梅的家庭情况，我们借此机会向她伸出援手。希望大家奉献自己的爱心，帮助李玉梅女士早日恢复健康。届时，我们集团的大门永远向她敞开。谢谢各位。

这时，女秘书推着一个工厂食堂的铝皮餐车走到舞台中央，餐车上摆着一个用红纸包住的爱心箱。

“我先做个表率。不强迫大家捐多少，力所能及捐一点就行。”刘光明从西裤的小屁兜里掏出一张一百元面额的钞票，他把钞票捋直，伸到箱口停了一下。厂里的报刊部人员照相机就位，咔嚓一声，他再把钱塞入。

台下的观众有些错愕，剧院里响起一阵声浪。

万三和花姐也走上台，一人往箱子里塞了四百块。

观众的气氛依旧没被调动起来，只有零星几个人上台，从身上掏出五块、十块。有人要求合影，刘光明对他们讲，只有面额超过一百的才能照相。

沈沁雯领会到先前万三话里的意思，原来他和刘光明早有安排。见大家的积极性不高，且部分人已开始离场，沈沁雯急得在台下搓手跺脚。“帮帮我们，帮帮我们。”她的手不自觉地扯他人的衣服，勉强说动了几个人捐款，面值都不大。李玉梅则全程严肃。

刘光明扯了扯万三的袖子，出了个着儿。“把李玉梅带上来，快，卖个惨。”

于是万三和刘光明下台，没征求李玉梅的意见，把她连人带椅抬了上去。几欲离场的人看见李玉梅气息奄奄的模样，又驻足研究起来，犹如在观赏一种濒临灭绝的珍稀动物。

呀，都这个样子啦。

会讲话不啦?

这条命救得回来吧?

上辈子作孽啊!

刘光明这着儿确实管用，不乏有人被激发了同情心，上台捐款。也有人为了近距离观察李玉梅，摸出口袋里的小钞，就当掏个门票。而公司的几位领导干部就阔绰多了，都把钞票塞到红包里，塞入爱心箱后，还要蹲下身与李玉梅亲切合影。

刘光明突然意识到什么，也赶紧蹲下来与李玉梅合了一张影。

随后，他把话筒递给李玉梅。“玉梅，讲两句，董事长下面看着。”

“刘叔，她拿不了。”沈沁雯替母亲接过话筒，移到她嘴边，“妈，讲两句吧。”

李玉梅的面色如一尊积满灰尘的菩萨雕像，眼神漠然地注视着全场观众，有熟面孔，有陌生面孔，千人千面，亦千人一面。她使劲抬起胳膊，把指关节弯起来，用双拳夹紧麦克风，做出发言的势态。

全场安静下来，等待欣赏她的感激涕零。

李玉梅的第一句话：你们这帮鳖孙。

李玉梅的第二句话：扶我下去。

她结束了发言。

在场的人无不惊骇。刘光明甚至被逼退了两步，差点把爱心箱撞翻在地。

沈沁雯起初是震惊，倏地，她感应到什么似的，笑了出来。妈妈还是那个妈妈。

台上的万三、花姐，台下的交关好和刚冲进场的彪哥，都笑了起来。

她的四肢、躯干、胸部、腹部的肌肉逐渐无力和萎缩，眼球开始转不动了，脊椎开始变形，声音开始变哑，呼吸逐渐衰竭，连肛门里的括约肌都开始闭合，需要用开塞露来软化粪便。她身上的一个个零件开始被疾病锈蚀，唯独她的大脑是清醒的，记忆是清晰的，这不得不让她承受更深刻的痛苦。她无法说更多话，无法像从前一般生猛，恶狠狠地驱逐这帮鸡鸭狗猪、飞禽走兽。到了生死关头，一只脚都踏进了阎罗殿，还有什么好假惺惺的？还有什么好被这三六九等人评论指摘的？别拿我当条可怜虫养着，也别拿我当一尊菩萨供着，谁也别欠谁，休想从我身上获得任何道德与身份上的优越感，休想以同情之名践踏我的尊严。我只是为自己活着，哪怕苟延残喘，只有我有资格眼睁睁看着自己直到最后一口气都吐不出去，直到命运堵住我的七窍。这病跟我的乳房、阴道、屁眼一样，都是我不堪又高尚的一部分，与我的灵魂紧密相融。我还能听见棺材板的钉子一根一根凿下去的声音呢，所以，我拒绝所有人从棺材板的缝隙中窥视我的尸体。

李玉梅没向任何人作解释，然而她的呐喊已经穿破所有人的耳膜，让整个大剧院都响起了一阵命运的嗡鸣声。

19. 老娘还没死

李玉梅被抬进屋，一人托着她的腿，一人钩住腋窝，把她架到床上。沈沁雯端来热水盆，准备为母亲洗漱。用热毛巾给她擦脸时，发现她脸色比往日更好，唇齿间也不时讪笑。在二〇〇三年的最后一天，她一句“你们这帮鳖孙”，给南塘每个人心口都凿了一根钉子进去。

万三和刘光明走出门槛，把门拉上。

刘光明自晚会结束后，就一直忧心忡忡。晚会的所有章程都由自己督办，一切顺顺利利、风风火火，怎么最后出了这样的事故？演员是下台了，自己的魂魄还困在剧院里下不了台。

万三瞟了眼刘光明，摇了摇好像得了失魂症的他。“怎么了？说话呀——”

刘光明眉宇紧锁，嘴唇颤动，神色也跟着慌张起来。“完了完了，这下我是真的完了。”

万三问：“什么完了？都结束了。”

刘光明锁着眉宇，两条粗短的眉毛几乎要碰到一起。“万三，你还是太年轻。你听李玉梅说什么了吗，‘你们这帮鳖孙’，把所有人都得罪了，这不就是把一盆洗脚水泼到人脸上了吗？”

“这有什么，李玉梅从前不都这样吗？这不怪你，谁能想到啊？”

“你注意，她说的是‘你们’，这也包括孙有贵啊！这次台下都坐着什么人，你知道吗？除了厂里的领导干部，还有市里的几个大人物。这晚会你真以为是给员工看的？都是面子工程。孙有贵把这活儿交给我，就是觉得我牢靠，给什么赏赐都安排好了，结果我等来了一个杀头之罪。”

“不至于吧？”

“李玉梅这次真的把我害惨了。我怎么跟孙有贵说的，我说给李玉梅搞个爱心捐款，这样大领导看了，就觉得我们厂体恤员工，也符合社会对人民的关怀，符合国家对工人的保障。你说对不对？”

“对。”

“孙有贵觉得我说得有道理，他才不管谁死活，能给他的佛身镀金就行。结果，李玉梅给在场的每个人扇了一巴掌，不知道的还以为是厂里把她逼出了疯病。这我怎么跟孙有贵解释？伴君如伴虎啊！朱元璋、赵匡胤当了皇帝，谁没杀过几个大臣？我冤啊——”

经刘光明这么一解释，万三有点明白过来刘光明为什么一副倒霉相。他赤脚在刀尖上走，走过了就是一马平川，走不过就是刀山火海。不过这也怨不了谁，他一直好大喜功，期望平步青云，总有一脚踩空的时候。

“好了好了，回去睡吧。”万三把刘光明拉下台阶，也安慰不了什么，要是他再这么自我处刑下去，迟早剩下一堆枯骨在人间晃晃悠悠，终日不得安宁。

刘光明心里堵得慌，走了两步又要回去找李玉梅。万三赶紧又把他拉回来。

“别去了——”

“不行啊，我得去狠狠骂她一顿，真是个狗娘儿们啊，都瘫成这样了，还不肯放过我。”

“她绝不是针对你，我们做的也有问题，事先没跟她商量。”

“我这还不是要给她一个惊喜嘛！她倒好，恩将仇报，把孙有贵的金身都破了。你知道为什么下水救人的也会死吗，因为那些快溺死的人会拖住你的腿，把你一起拉下去。”

一米八的万三死死按住刘光明一米六个头的身体，晃了晃他的皮囊。“你冷静点，都过去了，李玉梅知道你想帮她，你人是市侩了点，心肠是热的，这我们都知道。要不这样，我替李玉梅跟你道歉。”

刘光明的头像个锤子一样砸在万三的胸口，带着哭腔说道：“兄弟，我真不容易，真的不容易。”

万三拍拍他的后背。“我知道，守得云开见月明。你不是孙有贵的狗腿子，你是刘光明，是光明啊——”

刘光明折过身，继续跟万三走，心里一直盘算着明天怎么跟董事长交代。他想到的最坏结果就是被摘了乌纱帽，女儿也上不了外国语学校，老婆可能拿拖鞋板打他。找根藤条负荆请罪吧，说不定孙有贵能念及自己往日的功劳，大发慈悲。孙有贵毕竟是流氓出身，别看现在养得眉慈目善，其实心胸比鸡肠子还窄，一向有仇必报。他心底从来都没看得起过孙有贵这人，哪怕他踩着云梯上了云霄，扒开皮，仍旧是一副坏骨头。

两人走到分岔路，刘光明抄了另一条小道走过去，没往家的方向回。

万三朝他喊了声："你家不是在那儿吗，你走哪儿去啊？"

刘光明用鸭嗓回喊了一声："我去山里找块墓地。"

沈沁雯和李玉梅起初能听到万三和刘光明外面在谈话，谈什么听不清，后来声音逐渐消失。沈沁雯对李玉梅说，她也没预料到今晚会有捐款的事，但不好意思问她为什么不接受捐助。李玉梅让沈沁雯把那件钩在壁挂衣架上的衣服取下来，掏左边那个兜。沈沁雯掏出一块丝巾，给李玉梅递过去。李玉梅闻了闻，又让女儿闻一下。丝巾上的香水味已经挥发，沈沁雯什么味道也没闻出来。

"你再闻闻。"

"可能我鼻子冻到了。"

李玉梅侧躺着，把丝巾枕在脖子和下巴间。母女俩今晚背对背睡，彼此各怀心事。

翌日，新年第一天，九十点钟，李玉梅和沈沁雯坐在门口晒太阳，中间搁着一张板凳，板凳上放着一碗南瓜子。沈沁雯剥出几十粒瓜子仁，攥在手心，一粒一粒喂李玉梅。她的嘴张得很小，咬的时候会露出门牙，沈沁雯犹如动物园的饲养员正在喂一只啮齿类动物。

路上有来往的街坊，他们经过时并未与母女交谈，而是直直地走过来，跟水流遇到石头似的，弯了一下，再流过去。

沈沁雯低着头继续嗑开南瓜子，视线中，一只手从碗里抓走了一把南瓜子。她眯着眼朝着阳光下的人影一看，是大姑，她带着她的父亲，也就是沈沁雯的爷爷回来了。

李玉梅母女俩与他们父女俩有些生分，而大姑笑盈盈的，一只手掐着瓜子往嘴里嗑，另一只手提着两瓶酒。爷爷穿着一件中山装棉袄，神情呆滞，旁边路过一个小孩，把一根吸管蘸入一个洗洁精瓶，吹出几个彩色的泡泡，爷爷会伸手去抓。

“大姑——爷爷——”沈沁雯喊道。

李玉梅默不作声，眼皮已经垂下。

大姑和沈沁雯把李玉梅抬进屋。爷爷沈玉栋还站在门口抓泡泡，大姑朝他喊：“爸，进来啊，你家到了。”

沈玉栋斯斯文文地整了整衣装，抬腿进门，先是左右晃头，接着在房间里走走看看。屋子已经不是他离开前的那番模样。

沈沁雯的心突然沉下来，望了望母亲，而李玉梅仍旧没有任何要开口说话的意思。她听她妈说过，这房子起初就是爷爷沈玉栋和一双儿女住着，奶奶早逝。二十多年前大姑去江苏打拼，后来把父亲接走了，房子往后就是他们一家三口住着。早些年春节，大姑和爷爷还会回乡探亲，近十年都没回来过。父亲出丧时，只有大姑和她儿子回来待了几天。

大姑把两瓶酒放在八仙桌上，这屋里原本唯一能喝酒的人如今已经长眠地下。对比大姑上次来的着装，如今她穿得更简朴，手上原本有只金镯子，耳垂钩着一对金耳环，这次没了，记得母亲上次见到大姑时，还背地里讽刺她一声“金菩萨”。

母女俩预感到不对劲，也没开口问对方的来意。沈沁雯双手搓着大腿，等待大姑从楼上参观完下来。

大姑曾经在无锡做家纺生意，主做床上四件套，业务遍布长三角，派头挺大。小庙自然是容不下金佛，这次从灵山回到庙里主要是金身破了，被贬成凡人了。究其原因，大姑爱打麻将，嗜赌，又养了个小男人，去了澳门把家产输光了。丈夫跟她离了婚，带走儿子，身边就剩下一个拖油瓶爹。

大姑把房子前前后后、里里外外看了一遍后，才把目光放在李玉梅身上，上下掂量一番，心想，这还是那个曾经横行霸道，不把自己放在眼里的李玉梅吗？

妈妈和大姑一向关系不好，一个看不惯对方的富贵病，一个看不惯对方的穷酸样。两人吵得最凶的时候在饭桌上摔过筷子，弄得父亲很难收场。

好在是分家了，否则早就天雷地火，家无宁日。

如今，李玉梅得了渐冻症，无论是体力还是嘴力，均已失去与大姑抗衡的能力。面对弱势人群，大姑反倒有些慈悲心了，嘴里喋喋不休了一阵，说弟媳妇命苦，要不是今年自己财运不好，千金散尽，肯定会请最好的医生来医治她。说到动情处，又把老爹拉了过来，谈起了这二十年照顾老爹的种种辛酸往事，“也算是给你们家减轻了不少负担”。

沈沁雯注意到，她说的是“你们家”，接下去的套路，就是要物归原主。

“爸爸哎，你好好看看玉梅。”大姑把父亲拉到李玉梅面前，沈玉栋躲躲闪闪，他曾经没少挨过李玉梅骂，气得差点把肝咳出来。这也是他选择把家底拿出来投奔女儿，而不是跟儿子国根生活的主要原因。李玉梅属蛇，他属兔，蛇兔怎么同笼？

“他现在脑子一会儿清爽，一会儿不清爽。”大姑说。

见母亲出不了着儿，沈沁雯只好当起家庭代表。她问：“大姑，你们回来待几天？”

“下午就走。”大姑回答。

沈沁雯当着大姑的面松了一口气，这口气松得很明显，跟自行车轮胎打开了气阀似的。

“两个月后我们会再来。”大姑一句话又堵住了沈沁雯的气门。

沈沁雯的心又吊了起来，她巴不得这尊菩萨永远别回来。大姑这人一直高高在上，跟她相处久了，颈椎骨都不自觉会酸疼。只求她这回只是仙女下凡，是偶然起意，而不是长居人间的打算。

大姑把沈玉栋牵到沙发上，给他把电视频道调到戏曲台。接着走到八仙桌边，搬开长凳，坐下，一条腿跷起，一副要认真说事的样子。

沈沁雯把李玉梅的轮椅往里面推，准备跟大姑一对一谈判，最好是能把她请回天宫，这座庙没有香火，不适合她久留。

大姑问："你妈听得见吗？"

"听得见。"

大姑严肃道："好，她得知情。"

沈沁雯双手捏拳。"姑姑，你说吧——"

大姑把腿撤下，双手扶着膝盖。"是这样啊，我长话短说，待会儿还要去大队里办手续。这屋子严格意义上讲，是你爷爷的，户口本上写着，你妈是跟国根结婚后迁过来的。"说到这儿，大姑从小皮包里翻出了一本户口本，指给沈沁雯看，"本来呢，这房子给你们家也没问题，我不是那么小气的人，毕竟我户口也迁出去了。这次我带你爷爷回来，是要把我的户口迁回来。我在无锡已经没房子了，拍卖了。国根走了，我更应该尽到赡养你爷爷的责任，是不是？我们父女要有个住的地方，你明白了吗？"

沈沁雯听明白了，大姑被开除仙籍了，大姑的意思是来要求"物归原主"，沈沁雯听了觉着她要"鸠占鹊巢"。矛盾点就在这里。

"大姑，你是要搬来和我们一起住？"

"哎呀，我们几十年都没住一起，住着肯定不习惯的。你们不习惯，我们也不习惯，这个家就这么点大，气都透不过来。”

“那你是要赶我们出去?”

一听到“赶”这个字，大姑嘴巴一抿，脸皮一皱。“乱讲什么呢？我再狼心狗肺也不可能把你们母女赶出去，出门要被雷劈死的呀——”

“大姑，我不明白。”

“天要落雨，娘要嫁人，有些事情啊，不是我们作决定，是天这么安排的。我问过好几家医院的专家，都说你妈这个病没得治了，我也不是乘人之危，这里本来就有我的份儿的。再说我赡养你爷爷二十年了吧？这本来是儿子要担的责任。你呢，明年要上高中，读完职业高中，也要走上社会，总要自己成家的，是不是？我也是去外面闯荡过的，那时比你大不了几岁。我跟你爷爷打算等你妈走了，就搬回来住，落叶归根嘛，你爷爷也不想死在外面。”

沈沁雯听明白了，桌子上这两瓶酒是送到大队里去的，大姑要把户口迁过来，还要拿村集体的土地分红，顺道看看妈妈的病情，估算一下她还能活多久，好为搬回来作打算。大姑句句话说得合情合理，语气也客客气气，逻辑上严丝合缝，道理上无懈可击，这让涉世未深的沈沁雯难以招架。说，说不过，吵，吵不过，既没分量，也没胆量。

“那我怎么办？我是爷爷的孙女。”

“按照法律规定，子女是第一继承人，子女也有不可推卸的赡养责任。我跟你爷爷相依为命，是一根绳上的蚂蚱。”

“大姑——”沈沁雯差点喊她一声仙姑。

“你放心好嘞，你姓沈的，没嫁出去之前都是我们沈家人，你以后去住校了，周末就回来，家还是你的家，不会变的呀——”

沈沁雯不想再辩驳，以前都是李玉梅给大姑下逐客令，风水轮流转，现在成大姑给她们母女下逐客令了。这些冠冕堂皇的话听听过就算了，妈妈要是走了，她被扫地出门也是迟早的事。爷爷也傻不楞登的，她根本没能力照顾他。不管账怎么算，都是她卷铺盖走人，顺理成章的事情。

“你讲完没有?”这时，李玉梅突然开口说话了。

大姑惊得虎躯一震，回了回头。“你妈能说话呀?”

李玉梅一出声，沈沁雯宛如揪住了救命稻草，她连忙走过去把母亲推了过来。

李玉梅那张黑罗刹的脸孔，杀气腾腾，看得大姑心里发毛，连声调都颤了。“玉梅，你身体怎么样了？想不想吃点什么?”

“吃你的肉。”李玉梅的回答铿锵有力，如一张驱邪的符咒，把大姑定在原地。更让人想不到的是，李玉梅竟然自己从轮椅上站了起来，身体挺得比棍子还直。看她那气势，有那么一瞬间，沈沁雯感觉从前的妈妈回来了。

“滚出去——”李玉梅大喊了一声。

大姑说不出话来，跟一只王八被踩了一脚似的，缩起了脖子，也分析不出来李玉梅是装病还是回光返照，心里乱了方寸。眼看李玉梅又有发飙的态势，她愤愤走到沙发边，把沈玉栋拉了起来。

父女俩出了门，没一会儿，大姑又跑进来，拎走了桌子上的两瓶酒。全程没敢看李玉梅一眼。

沈沁雯看着两人走远后，回屋向李玉梅汇报：“妈，他们走了。”

李玉梅重重跌坐在轮椅上，轮椅往后一退，滚了两米。

沈沁雯急忙扶住轮椅，一只手搭在妈妈一起一伏的胸口上。这一站，用尽了李玉梅所有的元气。沈沁雯难受得不行，双手环抱着李玉梅，她知道，妈妈即使赌上命也不会让女儿受欺负。

李玉梅告诫沈沁雯：“你听好了，这里是我们家，以后别把狗放进来。”

“嗯——”

“你再听好了，他们以后会再来。门背后有根扁担，打狗要用扁担。”

“嗯。”

“以后我要是没了，你不要怕，更不要逃。你现在是一家之主了，你要是把房子给出去，你妈我就从坟里爬出来。”

“妈，你别说了，我晓得了。”

“你晓得个屁！你没看出来你爷爷是装的？这老东西我还不清楚，想吓走我们。”

“你怎么知道的？”

“我用屁眼都看得一清二楚。”

沈沁雯哭着哭着就笑了，妈妈还是那个神通广大的妈妈，身在三界外，不在五行中，什么妖魔鬼怪她收拾不了？说不定哪天她去了地府，阎罗王也治不了她，她在生死簿上把自己的名字一划，就回家了。

20. 亲爱的老友们

沈沁雯觉得自己正身处一场暴风雨的中心，风吹得旗帜状的灵魂猎猎作响，在暴风眼里，她时刻受到命运之眼的审视，无处藏匿。关于将来——那个遥远的母亲死后的将来，如何去接受那被命运喻为馈赠的、无法回避的痛感。

万三引用了莎士比亚的戏剧《暴风眼》的一句台词，他转达给沈沁雯：过去的一切种种，只是人生开场的序言，以后的正文应该由我们来肆意书写。

万三认为，暴风雨不仅存在于自然界，更是人心中那汹涌纷繁的内心世界。人很容易在情绪中迷失自己，被自我割得伤痕累累。人成熟的标志或许不是去抵抗，而是去适应；不是去说服别人理解自己，而是去理解自己本就无须被他者理解。雨过天晴后，人终将宽恕自己，走入一片宽广的平原。

沈沁雯问万三何时才能抵达那片平原。万三说，不是此时此刻，就是彼时彼刻。他心里已经下定决心履行李玉梅的嘱托，他要如一个父亲般教导沈沁雯，带她从洞穴里走出来，去找寻起伏的山峦、苍翠的树木、淙淙的河流，看阳光炙烤万事万物。

理想和现实并不是一分为二，而是相斥又相融。

万三每日都会带沈沁雯跑，在南塘宛如八卦阵的巷道里，跑过那乾、坤、巽、坎、艮、震、离、兑，跑过那天、地、风、水、山、雷、火、泽。

热完身，他们在南塘中心的砚池边跳绳。当月色被黑云笼罩，万三便借来一台摩托车，打开摩托车头的远光灯，沈沁雯就踩在那片光里跳。

万三跟沈沁雯谈起了他的计划，今年有三场省级的单摇跳绳比赛，他会带着她去参赛，只要赢下比赛，她就有可能被市里的重点高中特招，文化课成绩能往上拉一拉就拉一拉。我们没有读书的脑子，但是有跳绳的腿，坚定目标，就可以成为专业的跳绳运动员，也可以去读国内最好的体校。我们抽到的牌就这样，每一张都要认认真真打，你的对手是豹头环眼的命运，没那么容易赢，但它也有给你出顺风牌的时候，这就是你反败为胜的时刻。

“那我妈是不是已经输了？”沈沁雯问。

“别总想着她的事，你该为你自己想想。每个人都是独立的个体，有各自的人生、各自的方向。你要轻若鸿毛，你越轻，你就越不怕掉下悬崖。”

训练完后，万三把沈沁雯送回家。他回到自己的住处，这间老房子他从出生开始一直生活到少年时代。起初父亲的“幽灵”还常常徘徊于此，重复着当年的暴戾、抑郁、疲倦和伤感，当万三真正住进来，父亲的魂魄就消散了。其实并非是父亲困在这里，而是自己一直困在悠长的时间里。

花姐与万三一起拾掇了一番，两人一下午推着一辆三轮车来回跑，从晶都旅馆搬来了桌子、椅子、挂钟、日历、西湖电视，还有一台阿玉出让给她的缝纫机。花姐决定把缝纫机放在窗台下，这里光线正好，能看见粉尘在光线里浮游。她在光束中抬起手掌，每一圈指纹清晰可见，斗形纹、簸箕纹、弓形纹都有，说不上哪种指纹更影响她的命理，所以过往的生活总不安宁，她转念一想，十根手指也总是会打架的嘛！

花姐幸福地笑了，那笑容微微的，几乎看不见，但万三看见了，因为花姐被骄阳照得烁亮。

他们把棋牌室的麻将桌放在客厅中央，再盖上一块大圆板。接着两人去职工宿舍与彪哥会合，三人去菜场买了一堆菜，抓了一只鸡。花姐掐住鸡的翅膀，提到门口，让彪哥过来下刀。彪哥犹犹豫豫，眼睛半闭着，割了半天没割到鸡脖子，差点把花姐划出血来。彪哥连忙道歉，声称自己不是不敢，而是见不得血，不如把鸡养着下蛋，让它可持续发展。

花姐把鸡提回屋，用一根塑料绳把鸡脚绑在一条桌腿上。

“你们怎么不杀了？”万三问花姐。

“阿彪说不杀了，杀了可惜，留着生鸡蛋。”

万三叉起腰。“这不是一只公鸡吗？”

花姐啼笑，出门去买酒。

彪哥择菜、切菜、生火做饭。万三拿出手机给人打电话，通知他们六点前到家。来的人还有谁？万顺面馆的交关好、莲友寿品店母子、电工兼曲艺艺术家章大明、时代音像店苏凤夫妇、阿忠理发店王伟忠，自然也少不了原永盛纸业车间主任刘光明。

彪哥要给这场饭局起一个名字，他说项羽宴请刘邦那叫鸿门宴，曹操刘备青梅煮酒那叫双龙会，康熙笼络臣民办的叫千叟宴，咱们今晚这场饭局就叫作“群英聚义”。

万三问彪哥，你怎么知道那么多？彪哥说：“我听收音机里的评书说的。三国演义、七侠五义还是梁山起义，只要讲‘义’，我都爱听。”

这回为了李玉梅，这些老街坊还有外来客还真有那么些江湖义气。想到此，万三亲自把鸡抓了出去，割了鸡脖子，把血放到一个小碗里。接着用开水把鸡毛烫软、拔毛、剖腹，挖出鸡肝、鸡心、鸡肠，冲干净，盛到另一只碗里，再撒点盐巴，端进锅，用烧红的煤饼烘。火炉边是“一地鸡毛”，火上蒸的是“歃血为盟”，是“侠肝义胆”，是“牵肠挂肚”，是“万众一心”。

彪哥炒了几个北方菜，再炒几个本地菜，煎炸烹煮，样样都有。花姐把碗碟筷一副副放好，给杯子斟满酒。老友们陆续到场、入座。

唯有刘光明迟迟没有出现，电话也没打通。他下班前接到了人事任免通知，他被降级为组长，车间主任由他的徒弟顶上。刘光明起初没多大反应，毕竟在预料当中，直到人事当着车间几十号员工的面要收走他“车间主任”的工牌，他立马变了脸孔，怒目圆睁，跟得了狂犬病似的把人事吓退，接着拽住了顶替的徒弟的衣领，一顿贬斥，几乎将人扑倒在地。要不是有人拉着，他都要一口咬上去。

徒弟也不怕刘光明发作，往日里唯唯诺诺、唯命是从，如今官大一级、不卑不亢。

“又不是我算计你，要算账别算在我头上，你去找董事长啊——”他反斥道。

刘光明撸起袖子，冲出车间，怒气冲冲往办公楼方向杀去。到了楼下，恰好见到孙有贵从大门出来，坐上司机的车。他心里想了两个方案：一、冲上去把车拦住，显得气高胆壮。二、躺在车轮前不起来，显得撒泼放刁。没走几步，腿就拔不动了，依他看，孙有贵怎会吃他这套，他对自己倒有个清醒的认识，不过是虎皮羊质、凤毛鸡胆。

他一个人蹲坐在车间里的废纸堆中，门关上了他也没出来，整整憋屈了一夜，家也没回。多年的修为毁于一旦，从王侯将相被贬为庶民，也不知该怎么跟老婆孩子交代。

众人见迟迟等不来刘光明，索性把门关上，召开会议。会议主题围绕着李玉梅展开，大家达成共识，这次不谈怎么救李玉梅，毕竟这病连神仙都救不了，大家从理想主义回归到现实主义，讨论起临终关怀，什么是临终关怀？旨在对绝症病人提供身心的支持，从衣食住行四个大方向入手，以助她度过生命的最后阶段。

这场会议最后达成以下意见。

一、给李玉梅提供疼痛管理，确保李玉梅能最大限度地减少疼痛感，度过每一天。

二、为李玉梅提供心理支持，通过与李玉梅建立信任关系、开放式交流和理解她的感受，帮助她缓解情绪困扰。

三、让李玉梅获得尊重和尊严，这是临终关怀的核心价值。这意味着将李玉梅的意愿和价值观放在首位，尽力满足她的需求，尊重她的个人决策，帮助她以有尊严的方式度过最后的阶段。

四、为李玉梅提供社交支持，提供陪伴和鼓励，以减轻她的孤独感和社交隔离，让李玉梅感到被关爱和支持。

五、为李玉梅提供家庭支持，往往绝症病人的家人也需要关怀和支持。沈沁雯不仅要经历情绪上的波动，同时承担着照顾母亲的责任。为她提供心理安慰和生活帮助，对整个家庭来说都非常重要。

万三举起杯，敬众人一杯。众人纷纷起身，千言万语，都在酒里。至于每个人要做什么，大家都有各自的打算，万三不再统一部署。

李玉梅对这场饭局毫不知情，她的身体情况一天比一天糟，摔过两跤，有一回磕到太阳穴，听力也出了点问题。

沈沁雯每天会早起一小时，带着搪瓷杯去南塘东面的豆腐店打一碗豆浆。豆腐佬会给她舀上满满一杯，且没过滤豆渣，喝下去能填肚子。中午她就从学校跑回来，检查母亲的身体和饮食情况，有时母女还会争执两句。到了晚上，母亲一睡着，她就从沙发上爬起来，套上衣服去网吧。最近她加入了一个聊天群，群里都是一些渐冻症患者或家属，他们每天在群里分享自己的生活状况和日常的护理方法。这些人天南海北的，家境和身份也各不相同，有退休教师、有工薪阶级、有富裕的生意人，最年轻的一个患者只有三十来岁，人在国外。大家问她国外有没有什么高科技的医疗手段，她说国内国外都一样，治不好，但是药企正在努力研发新药，兴许再熬几年，渐冻症就跟普通的感冒发烧差不多了。所以，多活一天就多一分希望。她还举例说艾滋病以前也是绝症，一得就死，现在不是也有药物能把艾滋病患者的寿命延续到跟正常人差不多了。她这一说，大家都有点希望了，每天固定时间在群里问她药物研发的情况。后来，她人就不见了。直到有一次，她的家人用她的账号上线了，她的家人很遗憾地通知各位朋友，她得病后就抑郁了，自己离开了这个世界。

还有人分享了自己这两年的治疗经历，用了很多秘方都无好转，甚至去找了巫婆给自己开光，被骗了好几万块钱。

当然也有人比较坦然，被疾病反复蹂躏后看淡了生死，他引用史铁生的名言：死是一件不必急于求成的事情，死是一个必然会降临的节日。好在他还有一个陪伴他的爱人，聊天室里打字的就是他爱人。尽管这个患者互助群没给沈沁雯带来什么有价值的信息，但是让她心里宽慰了不少。有一个病友还是个演员，在北京，演过两部大热的电视剧，不过演的都是配角，出场几分钟就被打死了。他跟大家说，自己最喜欢的演员是查理·卓别林，最喜欢的卓别林电影是《寻子遇仙记》。

卓别林说，人生近看是一场悲剧，远看是一场喜剧。生命本质上就是荒唐的。

沈沁雯在网络上搜索卓别林的电影，原来卓别林演的是无声电影，她相继看了卓别林的《安乐街》《马戏团》《摩登时代》《发薪日》《狗的生活》。卓别林总是在演小人物，动作夸张，行为荒唐，她却看得又笑又哭。

沈沁雯内心抑制不住狂喜，于是她去了时代音像店，问苏凤能不能放卓别林的电影，她想带她妈来看。苏凤说，都四九天了，音像店门口已经没人冒着冷气来看电影了，都冻成人棍了，再说这些片太老了，都快七八十年前的电影，没有香港片受欢迎。不过她可以去找一找碟，带过来在李玉梅家里放。

苏凤隔天就去了一趟盗版碟批发市场，一张碟八毛钱，早些年香港片、美国片比较受欢迎，周润发的、刘德华的、成龙的、林正英的、周星驰的。卖得最好的是《侏罗纪公园》《终结者 2》和《泰坦尼克号》，一星期能出货几万张。有个叫黄老板的碟商刚从牢监放出来，第一回进去是出售盗版影碟，第二回进去是卖三级片被控告传播淫秽物品，三年的收入全被罚没了。他在牢里进行了思想改造，看了一本名为《迈向信息化时代》的书，出狱后他决定去开一家网吧，位置都选好了，就等这批库存清了。一台电脑，网页一搜索，什么电影没有？这是时代发展的趋势。仓库里目前没有卓别林，鉴于跟苏凤长久建立的合作关系，他表示可以帮她刻一张，便领她去了私人工作室。

黄老板的工作室是一个车库，车库里有台大彩电，前面摆着一张棕色沙发，沙发旁有个三米高、五米宽的柜子，收藏的全是正版碟。他工作就靠在钢丝床边的办公桌上，桌上摆着一台大头电脑、一堆空光盘和一台刻录机，他马上用新学的技术手段刻了一张卓别林的《寻子遇仙记》。苏凤在黄老板的放映室里看了一下这个电影，她问黄老板电影怎么一卡一卡的，是不是没刻好？黄老板说，这电影是一九二一年上映的，那时候胶片贵，每秒钟放十六格胶片，现在我们用二十四帧的播放速度去看当初每秒十六帧的录制画面，所以就像在看快镜头。不过好莱坞的技术越来越高明了，以后说不定能升到四十八帧。

"我觉得你别去开网吧了。"苏凤说。

"那去干什么？"

"你对电影这么有研究，你应该去当导演，跟张艺谋一样，拍个《英雄》。"

黄老板欣然一笑，又从柜子里抽了一张《筋疲力尽》送给苏凤。他说："这张可是正版，法国新浪潮电影，我觉得我应该成为像戈达尔那样的导演。"

"谁是戈达尔？"

黄老板指了指墙上贴着的一张黑白海报，海报上的男人谢了顶，戴着墨镜，嘴里叼了一根烟，手里拿着一卷胶片，挺艺术范儿。

“他就是戈达尔。”黄老板说。

“行，你都不做碟贩子要去当导演了，我也得考虑转行了。”

苏凤带着两张黑白片回南塘，招呼老友晚上一块儿去李玉梅家看电影，放《寻子遇仙记》。

沙发、板凳都坐满了人，李玉梅坐在中央的轮椅上。片子一放，是黑白片，还没台词，大家有点扫兴。看着看着，大家都被卓别林滑稽的表演逗笑了，又看着看着，一个个抹起了眼泪。尤其是李玉梅，眼泪怎么也憋不住。

“妈，电影都是假的。”沈沁雯给妈妈擦了擦眼泪。

苏凤说：“是啊，这卓别林的电影也蛮好看的嘛。玉梅，你要是喜欢看，我再去找几张碟来。”

之后的一周，几乎每天晚上，大家都会去李玉梅家看卓别林的电影，屋子里好不热闹。电影看完，交关好就给大伙下面条，油渣面、猪肝面、腰花面、鳝丝面，每晚不重样。

彪哥有时候会带着阿霞和女儿来，随身带着蒜头，兴致高就耍一段双节棍。

阿忠师傅和儿子小毛也来，这段时间，小毛剪头发的手艺突飞猛进，一问才知道，小毛去了市里的大发廊学美发，他做的发型比阿忠师傅更时髦，更符合年轻人的审美。为了露一手，小毛从家里拿来了围布、剪子和夹板烫。李玉梅坐着看电影，小毛拿剪子咔嚓咔嚓，众人一看，无不佩服。阿忠虽然脸上面子挂不住，但心里为儿子高兴，只要他不去骑摩托车，去哪儿拜师傅都行。

章大明对电影没兴趣，电影一放完，他就要给李玉梅演一段越剧。李玉梅要听《孔雀东南飞》，章大明张口就来，唱道：忆往昔，往昔夫妻甜如蜜。忆往昔，往昔夫妻如胶漆。把女儿章小帆都唱哭了。妻子阿玉已经回娘家一个月了，大家都劝他把阿玉找回来。章大明决定等女儿放寒假，就带她一起去阜阳，章小帆也同意，他们父女俩还从来没去阜阳过过年。

人散去后，吴世昌从裤袋里拿出卷尺，量了量李玉梅的胸围、腰围，肩宽，脚到膝盖、膝盖到大腿根，大腿根到头顶。他白天就来李玉梅家商量过了，一定给她做一套漂亮衣服，让她风风光光地走。母亲徐莲友的眼睛已看不见，记性也不好了，一身毛病，一到下雨天就哀号不止。道家提倡乐生、重生、养生，鼓励人们去争取天年，最高理想是长生不死，她修行了大半辈子，如今明显觉察到自己已时日无多。这并未让她恐惧，反而有些烦恼。老子说，道大，天大，地大，人亦大。那么，人的大究竟该怎么大？思来想去，她同意了儿子的请求，儿子将来可以离开她的道，寻自己的道，去开个冷饮店就是了。

花姐除了晚上来看电影，上午和下午会各来一次。她让李玉梅反躺在床上，拿出曾经吃饭的手艺——按摩。这按摩虽不能包治百病、延年益寿，但多少能缓解李玉梅身体的疼痛。她对着李玉梅进行按、揉、摩、擦、搓、推、拿、捻、拍、点、刮，手法齐全，力度到位，把李玉梅的皮肉按得热乎乎的。花姐半开玩笑地对李玉梅说，我没白学这按摩，总算又派上用场了。

李玉梅当然清楚这帮人在做什么，这一次她并没有像在大剧院那晚一样严词拒绝，而是欣然接受了这些人的好意。她多半是要带着遗憾离开的，但不想让活下去的人也留下遗憾，自从国根死后，她常有这种感受，如芒在背。

所谓的临终关怀，也可以是死者对生者的关怀。

看大家各显神通，万三陷入了忧虑，左思右想，自己除了替李玉梅照顾她女儿，当下还能为李玉梅做点什么呢？他索性直接去问李玉梅，就问她当下最想做什么事情。

李玉梅告诉万三，她想给女儿留下一件东西，这件东西目前不在身上，希望万三去取，等自己死后，再将它交给沈沁雯。

万三问李玉梅是什么东西，李玉梅似乎是想要躲过命运的窃听，让万三把耳朵伸过来，轻声细语地回答。

21. 光明乘船而去

清晨六点，江面上的雾气很沉，水浪拍打着岸边的岩石，一艘又长又扁的采砂船驶入大雾，信号灯在浓雾中闪闪烁烁。它剪开轻柔的江面，水纹从两边漾开，跟着水浪扑向江面中央的小岛，晃动着一具浸躺在水中的尸体。它从一座野码头漂流至此，一只脚被岛边的红松树根缠住，没有再走的意思。

采砂船用射灯一照，船员将面色惨白、全身浮肿的他拉上船。

船长报了警，警察让船只在原地等待，不要动尸体。一小时后，几名警员坐着快艇驶来。

尸体的夹克内兜里有一张工卡，身份很快确认，永盛纸业刘光明。

警察第一时间通知家属来认尸体，随后派了两名警员去厂里走访。刘光明死了，这消息很快在厂里传开。跟刘光明一个车间里的员工向警察表示，刘光明三天前被降职，在车间里发作了一番，兴许是受不了打击，自杀了。

尸体整体保存完好，没外伤，初步尸检是溺死，至于死前跟谁见过面，是从哪里跳下来的，都找不到人证物证。唯一可疑的是刘光明失踪了两天，家属和单位都没报案，只给他打了几个电话。兴许还是跟他被降职有关，厂里和家属都以为他是散心去了，也没想到人会死。

事情的调查方向越来越趋近自杀。意料之外，又在情理之中。这件事很快成南塘热议的焦点，刘光明生前没给多少人留下好印象，小时候家里穷苦，当上领导后土鸡变凤凰，有些自鸣得意。

徐莲友病倒了，卧床不起，为刘光明入殓、做法事，得让儿子吴世昌出马。万三总觉得事情蹊跷，于是跟着吴世昌一块儿去帮忙。

到了刘光明家，上了二楼，他笔直躺在床上，身体已经僵硬。老婆坐在地上，肿着眼睛，一只手握着刘光明的拳头。女儿也不知道去哪儿了。

吴世昌先为刘光明净身，再给他上色、修眉、剪鼻毛、刮胡子、涂发胶，最后穿寿衣。刘光明个子矮，裤腿有些长，吴世昌把裤腿往里面卷了一层，得确保脚要露出来，方便他走大道。刘光明老婆拿来针线盒，把刘光明的脚搁在自己腿上，把裤腿缝了起来。办丧宴的酒席已经联系好，晚上过来搭棚子，明天晚上办一场，后天拉去殡仪馆火化，骨灰接回来后再办一场。骨灰准备葬在梅山公墓，具体位置还没定好，已经托刘光明的二舅去办了。

万三从二楼下来，进客厅转了转，墙上贴满了刘光明的荣誉证书，还有一张孙有贵给他颁奖的合影。每张照片上，刘光明都笑嘻嘻的，万三总觉得他不至于为了这事自杀，但想起那日在李玉梅家门口与刘光明分别，他亲口说要去找块墓地，事情也就合理起来。哪有那么多谋杀案！

万三从兜里掏出五百块钱，压在遥控器下，接着去了李玉梅家。

到了李玉梅家，不少朋友都坐在屋里，死气沉沉。李玉梅坐在轮椅上，双脚踩着一个铜制炭炉。快烧尽的炭火散着热气，透过炭炉蜂窝状的盖子传到她的脚底板。

李玉梅想，从前她没少当着刘光明的面咒他死，这次真的应验了。他的死还得归结于自己，若不是她，刘光明也不会被孙有贵针对。他们俩斗了那么多年，好比铁鸡斗蜈蚣，她终究是把刘光明斗死了。

老对手没了，这反倒让她悲痛万分。

几个老邻居也没敢谈刘光明的死因，每个人心里都有自己的推论。大家商量起给刘光明随奠礼，送多少，怎么送？还有就是家属请不请我们？

李玉梅开口说话："不管请不请，礼一定要到。"

交关好说："玉梅，你家就算了，刘光明虽贪财，但是他一定不想收你的钱。"

李玉梅重复道："礼一定要到的。"

交关好说："好，我帮你带到，你就别去了。"

李玉梅自责道："是我把他害死的，我哪有脸去。"

万三说："别瞎讲，人有旦夕祸福，都是自己的命数，跟你有什么关系?”

这时候，哐啷一声，李玉梅家的玻璃被一块石头砸碎了。万三跑出去一看，砸玻璃的是刘燕，她砸碎玻璃后，飞快地跑走了。沈沁雯跟了出来，追了上去。

花姐把地上的玻璃扫成一堆。她说：“好了好了，大家都回去吧。”

众人看气氛不对，都走出门。巷子里的年味越来越浓，人们都开始置办年货。

花姐留下来照看李玉梅。

万三出门后，恰好遇到了戴着皮毛帽的彪哥。万三让他别进去了。

“万三，跟你说个事。”彪哥把万三引到一条胡同口。

“你说。”万三掏出一盒牡丹，晃出一根烟，递给彪哥。

“不抽了——”

万三把烟塞进自己嘴里，摁火机，彪哥伸出一只手帮他挡风。

“我前两天见过刘光明。”彪哥说。

“啊？在哪里?”

“就在我从菜市场回来的路上，他一个人。我问他明晚去不去李玉梅家，我整俩菜，就等你来。他想了想，说一定到，还问我买了啥菜。我就说想去买花鲈，李玉梅想吃花鲈，菜贩说现在富春江禁渔了，花鲈得去临安弄，价格高，不好办。刘光明就说好办，他有办法。东洲那边有个野码头，没人管，他去那里钓过鱼。”

万三手里的烟一口没抽。彪哥讲着讲着也郁闷起来，夹过万三手里的烟，吸了一口，又给他塞回手里。

彪哥盯着万三那张发愁的脸，说：“跟我想一块儿去了吧？刘光明不太可能自杀，他给李玉梅钓花鲈去了。出事的位置应该在那个野码头，去查查就知道了。”

万三顿感荒唐，为了一条鱼，搭上了一条命。人死得不明不白，死后还遭人非议。

彪哥问：“你什么打算？兄弟。这事要不要说？”

万三把烟往墙上摁灭。“走，我们先去查查。”

万三与彪哥旋即动身，两人骑着摩托前往东洲的野码头。码头边上原本是个小渔村，渔村里一半的人以做草纸为生。随着造纸业产业化及市里整治污染，村庄搬迁，几乎已无人居住。刘光明家的老房子就在村庄靠江的地方，岸边绑着一只小渔船，他闲暇时就一个人回来，乘着小船，在静谧的江面上划水。他不会游泳，所以每次都不会划太远。由家庭和工作产生的种种焦虑和伤恸，被江水此起彼伏的声浪吞没。离这两百米还有个私人码头，停着一艘游轮和几艘大快艇。游轮没有营业执照，常年不开，到了某些晚上，灯会亮着。这些船都隶属于永盛纸业，孙有贵常在这里招待贵宾，有市政厅要员，也有其他集团老总，不清楚具体有谁。刘光明从未上过船，有时候他会划着渔船远远看一下，想着哪一天等自己级别够了，也能登上那艘游轮，去见识更多的大人物。

他们站在光亮的甲板上，而他掩藏在黑色的水域中，无人知晓他正在窥视他们。

那一夜，游轮又亮了，大人物们正在船上开新年晚会，这次来的人更多，比往常都要热闹。刘光明坐在船上看了许久，接着他把船往后划了几百米，让船稳下来，抛竿，把钓竿固定在船上。花鲈生性凶猛，他总把钓花鲈想象成和李玉梅的缠斗。两人大概结了三生三世的仇，这辈子他想把仇结清了，等鱼上钩了，就说明上天同意了。

随后，他躺在船上，双手垫着后脑，望着云霄，身体随着渔船轻微摇摆，宛如睡在一个摇篮里，心也逐渐安宁起来。

“总有我刘光明东山再起的一天。”他心里默念。

一艘快艇从码头发动，以较快的速度朝着渔船冲过来，船艄不偏不倚撞到了刘光明的小船，把整只船顶翻了个面。快艇踉跄了两下，在水面划了一个弯，再快速开远。快艇上的男女嗤笑起来，丝毫没察觉到有人溺水，这一点意外的刺激是今夜不可多得的调剂品。

而刘光明在生命的最后时刻，看见游轮的灯火沉没在夜色笼罩的水域中。

万三和彪哥赶到了事发地，在岸边发现了一只水箱，树上挂着一张网。江水依旧平静，没有一只船在江面上行驶。

万三拨通报警电话。警察开着搜救艇展开搜寻，发现一只倒翻的小木船，船舷被撞开一个裂口，船底上残留着白色和蓝色的油漆。调查认定，刘光明死前在这只船上受到快艇撞击。不是自杀，是意外。那么，谁是造成这次意外的责任人？线索指向永盛纸业的私人码头，警察找到了那艘撞击渔船的快艇，油漆的颜色与快艇的磨损处吻合。警察再次去永盛集团调查事故原因。

游艇到底是谁开的？撞死了人当无事发生，就跟撞死一条狗一样。万三怒不可遏，他跟着警车去了刘光明家，在刘光明的尸体前发了一通火，坚决不让他下葬，必须把凶手揪出来。

没到晚上，永盛集团的一个中层干部投案自首。他向警察表示，当晚是他开的船，晚上视线差，他以为只是撞到了一只遗弃的小木船，就没放在心上。况且现在富春江禁止钓鱼，谁想得到刘光明大半夜在船上垂钓。事情又有了新结论，刘光明非自杀，系意外死亡。肇事者被派出所拘留，厂里的几个干部前往刘光明家慰问，并带了五万块钱抚恤金。万三不同意收这钱，让他们回去转告孙有贵，让他亲自来对峙，是不是找了个替死鬼？带了笔抚恤金就想草草了事，没门。

没多久万三接到了回应电话，不是为了刘光明的事，而是学校领导通知他不用再去学校上课了。对方强调，不只是他，所有编外的老师都要清退。希望他理解学校的安排，周一去学校办退工手续。

第二天一早，万三与众多邻友在李玉梅家商量对策，所有人都缄默不语。

“我找过刘光明的二舅，就那个在永盛当门卫的瘸腿佬，他让我别查了，不管是谁撞的都不可能是孙有贵撞的。现在死无对证，有个人出来负责就不错了。”万三让大家出出主意，怎么把孙有贵揪出来。

交关好说：“他二舅没说错，是谁撞的也不会是孙有贵撞的。”

花姐说：“万三，你别激动，他在天上，我们在地上，刘光明在地底下，这事情没结论。”

万三暴跳如雷。“谁知道警察是不是被收买了？一个赖痞子现在成了集团董事长，就是靠卑鄙手段，我爸要不是他也不会去坐牢，更不会死。”

交关好问：“万三，你是想报私仇啊？”

万三冲了他一句：“我不是要报仇，我就是想讨一个公道。”

彪哥赶忙拉住万三。“算了吧，万三，公道不是你去讨的，是他愿意给你就给你的。”

万三气得一脚踢翻了热水瓶，洒漏出来的开水烫伤了他的脚背。他没喊一声疼。花姐上前检查他的伤势，他躲得远远的，不让任何人靠近。

几人正在争论中，刘光明的老婆来了，胸口别着白花。她站在门口没进来，就是对着门里的人说了句：“厂里给的抚恤金我收了，这事已经清楚了，你们别管。”

说完，她就走了。

万三想追出去，走到门口又停下，左顾右盼后，举起墙边的竹扫帚，用膝盖折成两段。

李玉梅的喉咙已经被封住，她再也劝不了万三一句。只感觉死神的手，轻轻地、温柔地搭在了她的肩膀上。

万三不再与人争辩，而是独自回了家。家里的天花板上还挂着那个竹篓，那里曾藏着一把五四式手枪。此时此刻的他，与当年回乡寻仇的父亲一模一样，两个时空的灵魂在此刻仿佛重叠了。

他搬来一把凳子，踩上去，将那个布满灰尘的竹篓取下。掀开盖子，仿佛取出了另一个时空的手枪。

他朝着永盛集团走去，朝着他的巢窠走去，朝着自己未知的人生头也不回地走去。

22. 再见南塘小巷

二〇一二年七月三十日，一架空客 A330 从北京首都国际机场起飞，俯冲下云层，平稳地降落到萧山国际机场。

二十四岁的沈沁雯下了飞机，背着包，走过廊桥。机场的空调不够冷，她的面颊被烫红，黑黝黝的脖颈处有些汗渍，走到灯光下，毛孔上宛如粘着一些亮晶晶的盐。

她坐着机场大巴一路往西，在富春商业城站停靠。

此时是晚上八点，街道上人车攒动，灯牌林立。她推开大巴车窗，商业城二楼的电子屏上，一头鲸在蓝色的水中泅游，乌黑光滑的肉身，头部两边是两条莹白的斑纹，一甩尾，水花如萤火飞溅。她曾随病重的母亲在一次布道会上听牧师讲过，先知约拿曾经被一头鲸吞下肚子三天三夜，最后奇迹般地活了下来。因此，鲸是一种重生的象征。

她看到了鲸，是好兆头。

母亲已去世七年，她离开这座城市也快六年。这几年来，中国的城市化进展很快，家乡马上要撤市并区，正式归杭州管辖。一系列高新企业要在这里落地，污染型企业，尤其是造纸业即将退出历史舞台，迁到三、四线城市去。边郊地区开始大拆大建，修高铁站，建商品房，造运动馆。人们随着时代的浪潮前进，一些旧事物逐渐消弭。

她此次回来是要见一个故人。万三当年因故意伤人罪入狱后，她就没再见过他。后天她就要启程去日本，参加东京单摇跳绳女子组锦标赛。时至今日，她仍然感激万三在她人生的关键时间点出现，从而改变了她命运的走向。

一辆公交车在商业城门口停下，她看见一个额头长着痦子的男人从车上下来。是万三。他的头发白了，面颊比从前消瘦，他在原地伫立了一会儿，在五光十色的霓虹中，他的剪影仿佛就要燃烧起来。

他们认出了彼此，朝对方缓步走去。

“你等好久了吧?”万三的声音有些怯，手掌则上下摩挲了一下他的涤纶裤。

“没多久，花姐呢?”

“嫁人了呀，干吗非得等我啊!”

“你还是一个人?”

“对，一个人，好着呢。南塘要拆迁，我们以后要搬到东洲，住高楼去了。”事是好事，但从万三嘴里说出来，却不像是一个喜讯。

“我明天看完我妈就走。”

“当年实在不好意思，玉梅的葬礼都没办法去。”

“她不在意的。讲实话，我也没想到你能联系到我。”

“动动脑筋就好了，现在找人很方便，本来想亲自去北京找你的。”

万三拦了一辆三轮车，两人坐了上去。“去南塘。”万三对蹬车师傅说。

两人坐着三轮车，一路向南，听着三轮车师傅的絮叨：过完年，全市所有的三轮车都要取缔，再骑就违法了。他们驶过井然有序的街道，驶过宏伟宽阔的大桥，穿过粼粼江面。南塘四周的灯火逐一亮起，与往日并不一致，唯有那座造纸厂边的炮楼仍安然无恙地矗立着。

“你妈去世前交代我一件事，给你留了一样东西，我没来得及给你。”

沈沁雯还没看到遗物，人便焦虑难安起来。

她下意识地往后一缩，望着那座炮楼，她曾在炮楼上注视着母亲的轨迹。她与它越来越近，与她越来越近，仿佛一个即将精疲力竭的泳客，正游向一座岛屿的灯塔。还没触及它，只见炮楼底座的沙尘喷涌而起，一道巨大的火光将整座炮楼推射至天际，直至消失在云霄中。

她栽进万三的怀里，再没忍住，哭了出来。

少顷，万三摸了摸裤袋，掏出一瓶墨绿色的香水。沈沁雯拧开盖子，闻了闻。

她无法理解母亲在生命的尽头为什么要留给自己一瓶香水。

“这是什么香水?”沈沁雯问万三。

“史诗女士。”

妈妈真的买走了这个名字，这是妈妈最后留给自己的礼物。此时此刻，在她的血肉之中、灵魂深处，妈妈渐渐苏醒了，不再定格于死亡的快门中，不再是走向一种从有到无的结局。

车慢悠悠前进着。她看了看万三，两人眼角的泪融化在一个悠长的笑容里。

（全文完）

二〇二三年十二月十日